暮光之城
twilight

an eclipse novella 蝕外傳

布莉的重生

the short second life of
bree tanner

史蒂芬妮・梅爾 Stephenie Meyer

獻給愛莎・穆齊尼克與梅根・希伯特

前言

沒有一位作家的做事方法是一樣的。我們的靈感來源與寫作動機都不盡相同；有些角色會一直停留在我們的腦海裡，有些角色則會被我們放進遺忘的檔案夾裡，關於這一點，我們都各自有不同的理由。以我自己來說，我一直不瞭解為什麼我筆下的一些角色就是會比其他角色更鮮明，擁有自己的意識，但我總是很高興有這樣的情況。這些角色寫來毫不費力，而通常他們的故事也都得以完成。

布莉就是這樣的一個角色，她是造就你手中這個故事的最主要原因，而非失落在我宛如迷宮般的電腦被遺忘的檔案夾裡（另外兩個原因是迪亞哥以及福瑞德）。我開始想著布莉是在編輯《暮光之城：蝕》的時候；編輯，而不是撰寫——在寫《暮光之城：蝕》第一份初稿的時候；我戴上了第一人稱防護鏡；任何貝拉看不見、聽不到，或是無法感受的事物都無關緊要。那是只屬於她所經歷的故事。

接下來的編輯步驟則是跳脫出貝拉的觀感來審視故事的流暢度。我的編輯，蕾貝卡．戴維斯，是這個部分重要的推手，她提出許多關於貝拉並不知情的故事的問題，我們一起討論出該如何讓故事情節更清楚。因為布莉是貝拉所見到唯一的一位新手吸血鬼，所以她成為我在思考故事背後發展時的依據和指標。我開始想著和一群新手住在地下室裡以及以傳統吸血鬼的方式狩獵的生活，我開始以布莉所知的角度來幻想這個世界。而這並不難。從一開始，布莉這個角色就相當鮮明，而她的一些朋友也很自然的變得栩栩如生。通常我都是這麼進行寫作的：我先試著寫下一個簡短的故事大綱，訂立故事中其他部分的發展，然後我會開始隨手寫下對白。這一次，我發現自己不是寫下故事的大綱，而是描繪了布莉一天的生活。

布莉的故事是我第一次以一個「真正的吸血鬼」的觀點來寫作——一位獵人，一個怪物。我得以從她血紅的雙眼來看我們人類；突然之間，我們變得可悲又懦弱，不堪一擊的獵物，除了成為美味可口的點心之外，一點用處都沒有。我體會到身處敵人之中，隨時都保持著警戒，不知道未來會是如何的感覺，她的生命隨時都有危險。

我沉浸在完全不同種類的吸血鬼之中：新手吸血鬼。之前我一直沒有機會探索新手吸血鬼的生活——就連貝拉成為吸血鬼之時也是如此。貝拉從來就不是像布莉一般的新手吸血鬼。他們的生活既刺激又黑暗，最後走向了悲劇。故事發展越是到了無可避免的結局，我就越希望自己當時能以稍微不同的方式來結束《暮光之城：蝕》。

我猜想著你們會怎麼看待布莉。在《暮光之城：蝕》裡她看起來是這麼渺小又無足輕重的角色。在貝拉的觀點裡，她只不過存活了五分鐘。但是她的存在對於理解小說的內容卻是非常重要的。當你在閱讀《暮光之城：蝕》裡貝拉看著布莉，評估著她是否就是自己未來寫照的這一幕時，你可曾想過布莉到底是怎麼走到這個地步的？當布莉回視時，你可曾想過在她眼裡的貝拉和庫倫一族是什麼模樣？但我賭就算是你曾想過，你也永遠猜不到她的祕密。

我希望到頭來你會和我一樣對布莉產生感情，儘管這是一個很殘酷的願望。你早就知道這一點：她並沒有一個快樂的結局。但至少你知道了整個故事的經過，而且沒有一個觀點是無足輕重的。

希望你們喜歡。

史蒂芬妮

報紙頭條斗大的字樣從小小的自動販賣機裡朝我怒吼：**西雅圖陷入危機——死亡人數再度攀升**。這篇我還沒看過，送報紙的一定是剛才才來換過機器裡的存貨。算他好運，已經走得不見人影。

太好了。萊利一定會氣炸了。當他看到這則新聞時，我會確定自己躲遠一點，讓他去扯別人的手臂。

我站在一棟三層樓高、頹圮建築物角落的陰影裡，在其他人做出決定之前試著保持低調。不想和任何人有視線上的接觸，我直盯著身邊的牆壁看。這棟大樓一樓的唱片行早就關門大吉；也不知是因為天氣或是街頭暴力的因素，窗戶上釘滿了嵌合板。上面的樓層是公寓——空無一人，我想，因為這裡沒有普通人類睡覺時發出的噪音。我一點都不驚訝——這地方看起來活像是會被強風一吹就倒，這建築物另一端陰暗狹小的街道看起來一樣破爛。

這在戶外的夜晚是很稀鬆平常的一幕。我不想出聲說話引人注意，但我希望有人能快點做決定。我真的很渴，我才不想管到底是要從屋頂的左邊還是右邊走。我只想找個連「有夠倒楣」都沒時間去想的倒楣鬼。

很不幸地，今天萊利派我和這世上最沒用的兩個吸血鬼一起出來。萊利似乎從來不在意他派誰一組出去獵食，甚至是派錯人出去而導致回來時人數減少了他也沒特別煩惱。今天我和凱文還有一個我不知道名字的金髮小鬼困在一起，這兩個都是拉烏爾那一群的，這就代表了他們都是白痴，或者，很危險，但就目前的情況看來是很白痴。

不是決定我們該朝哪個方向獵食，他們倆反而爭論起是誰最愛的超人英雄最會打獵。那個不知名的金髮小鬼這會兒示範起蜘蛛人來，一邊爬上磚牆還一邊哼著卡通的主題曲。我懊惱地嘆了口氣，我們到底還要不要打獵啊？

在我左邊的一點小動靜吸引了我的注意。是萊利派出來和我們一起打獵的另一名成員迪亞哥。對他，我認識不多，只知道他比其他人都老一些。你可以說他是萊利的右手，但這並不代表我就喜歡他多一點勝過其他智障。

迪亞哥看向我，他一定是聽到我在嘆氣。我別過頭。

頭低下閉上嘴——這是在萊利這群裡的生存之道。

「蜘蛛人是個愛哭夭的蠢蛋，」凱文對著金髮的小鬼大叫著。「讓你見識一下什麼是真正的超人英雄打獵的樣子。」他咧開嘴笑，牙齒在街燈的光暈中閃耀。

就在一輛車子轉彎過來把斑駁的人行道照得一片光亮的時候，凱文跳到馬路正中央。他舉起雙手，然後像是職業摔角選手般地緩慢展現他的肌肉。車子並沒有停下來的意思，大概是預期他會和正常人一樣快速閃邊去。像個**正常人**。

「浩克火大了！」凱文大叫著。「浩克……攻擊！」

他在車子剎車之前撲了上去，抓住前方的保險桿，再把它翻轉高舉過頭頂，讓車子上下顛倒地撞上人行道，彎曲的金屬和碎裂的玻璃發出尖銳聲響。車子裡的女人開始尖叫。

「真要命。」迪亞哥頻頻搖頭。他長得很漂亮，有著又黑又濃的鬈髮，大大的眼睛，以及豐厚的嘴脣。話又說回來了，這裡誰不美？連凱文和那一群拉烏爾白痴都很漂亮。「凱文，我們應該要保持低調的。萊利說——」

「**萊利說的！**」凱文用一種尖銳的高音模仿他的語氣。「你有種一點吧，迪亞哥。萊利根本不在這裡。」

凱文撲向上下顛倒的本田轎車，並且把駕駛座的窗戶打碎，到這個地步了窗戶還在真是奇蹟。他從碎裂的玻璃以及消氣的安全氣囊中搜尋著駕駛人。

我轉過身去屏住呼吸，努力的想維持我的理智。我沒辦法看著凱文吸血。我太過於飢渴，沒辦法只是看著，而我也不想和他起衝突。我最不想要的就是登上拉烏爾的黑名單。

那名金髮的小鬼可沒這層顧慮。他從磚牆上跳下來，在我身後輕巧的落地。我聽見他和凱文對著彼此嘶吼，然後隨著一個撕裂東西的聲響，那女人的尖叫聲停止了。他們大概把她撕裂成兩半。

我試著不去想。但是我能感覺到在我身後的熱度以及聽見液體滴落的聲音，這都讓我的喉嚨即使不呼吸也還是灼熱難當。

「我要走了。」我聽見迪亞哥喃喃自語。

他轉身進入陰暗建築物的縫隙之中，我尾隨在後。再不趕快離開這個地方，我很可能就會開始和拉烏爾的爪牙們搶起那個沒多少鮮血剩下的屍體，這麼一來反而會是我回不了家。

啊，但是我的喉嚨好熱！我咬緊牙關避免自己因疼痛而尖叫出聲。

迪亞哥快速穿過了一條堆滿垃圾的巷子——然後當他走到盡頭時——他攀上了牆壁。我將手指刺進磚頭的縫隙間，把自己推上牆緊追在後。

上了屋頂之後，迪亞哥開始加速，輕巧的躍上另一端的屋頂，朝著聲音反方向的光源而去。我跟得很緊。我比他還年輕，所以我比他還要強壯——幸好我們是越年輕的就越強壯，不然我們根本就不可能在萊利的屋簷下活過一個禮拜。我可以輕易的超越過他，但是我想知道他要去哪裡，同時也不想讓他待在我**身後**。

走了好長一段路迪亞哥才停下來；我們很靠近工業碼頭區了。我可以聽見他低聲喃喃自語。

「一群白痴！萊利才不會沒來由的給我們下命令。自保這理由怎樣？連這點常識都沒有？」

「喂，」我出聲。「我們到底要不要獵食？我的喉嚨像有火在燒。」

迪亞哥在一間大工廠屋頂的邊緣上停了下來，旋過身。我朝後退了幾步，保持警戒，但是他並沒有對我做出攻擊。

「要啊，」他說：「我只是想遠離那一群瘋子。」

然後他笑了，態度非常友善，我只能盯著他看。

這個名叫迪亞哥的人和其他人不同。他有一點……冷靜，我想這個形容詞最適合。正常。現在是不正常，但之前是。他的眼睛是比我還要深的紅色。他一定是混了好一陣子了，就像我聽說的一樣。

從我們身下街道傳來夜晚的聲音，是屬於西雅圖較為貧窮的地區。有幾輛車，帶有重低音的音樂，幾個人用緊張快速的步伐走在街上，還有一些醉鬼在遠處唱著走音的歌。

「妳是布莉，對吧？」迪亞哥問著。「新來的其中之一。」

我不喜歡這種說法。新來的，隨便啦。「沒錯，我是布莉。但是我不是和上一批一起的，我已經快要三個月了。」

「以三個月來說妳還滿滑頭的，」他說：「沒幾個人能從那種程度的意外中轉身離開。」他的語氣像是讚美，好似他真的很佩服。

「不想和拉烏爾的那群怪咖搞在一起。」

他點點頭。「阿門，姊妹。那一群是大麻煩。」

真奇怪。迪亞哥真怪。他聽起來就像個普通人在閒聊。沒有敵意，沒有猜忌，就好像他現在並沒有在計算著要殺我有多容易或是多難！他只是和我聊天。

「你跟著萊利多久了？」我好奇的問。

「已經十一個月了。」

「哇！那比拉烏爾還久耶。」

迪亞哥翻了個白眼，還朝下吐了口毒液。「是啊，我還記得萊利帶那垃圾進來的那一天，從此以後情況就只有越來越糟。」

我安靜了一會，猜想著他是不是覺得比他年輕的都是垃圾。並不是我在乎這個，我已經不在乎別人對我的看法，沒這必要。就像萊利說的，我已經是神了。更強壯、更快、更好，其他人並不重要。

然後迪亞哥輕聲吹了口口哨。

「看吧，只要花一點腦袋和耐心就行。」他指著下方對街的一處。

被暗巷陰影半掩蓋著的，是一名男子正對一名女子怒罵毒打，而另一名女子則靜靜的冷眼旁觀。從他們的衣著來看，我猜應該是皮條客和他的兩名妓女。

這是萊利教我們的，朝人渣下手。朝沒有人會想念的人類、沒有人在家等待他們回去的人類、就算失蹤了也沒人會報警的人類下手。

這也是他選擇我們的原因，不管是晚餐還是神，都是從被社會遺忘的低下階層來的。

和其他人不同的是，我還是照著萊利交代的去做。並不是我喜歡他，那種感覺早就消失了。而是因為他說的聽起來很有道理。讓大家注意到一群新來的吸血鬼正打算占領西雅圖成為獵食場怎麼會是件好事？這樣對我們有什麼幫助？

在我成為吸血鬼以前，我從不相信他們的存在。所以如果這世上的人類都不相信有吸血鬼，那其他的吸血鬼一定都是很謹慎小心的在獵食，就像萊利一樣。他們應該有個好理由。

而就像迪亞哥所說的，謹慎的獵食只需要花一點頭腦和耐心就行。

當然了，我們有不少失手的時候，然後萊利就會從報紙上看到而開始對我們哀號怒吼甚至是摔東西——就像上次他摔壞拉烏爾最喜歡的電視遊樂器，然後拉烏爾就會抓狂地把某人大卸八塊之後燒了。這樣上演了幾個回合之後，萊利就又會帶一群變成吸血鬼的人渣小鬼來代替他失掉的那一些。這根本是無止盡的循環。

迪亞哥用鼻子吸了一口氣——又大又深的一口氣——然後我看著他的身體發生

變化。他伏臥在屋頂，一隻手緊抓著邊緣。所有奇異的友善感全部消失了，他已化身為獵人。

這讓我比較有熟悉感，讓我感到自在，因為我瞭解這是怎麼回事。

我關掉了大腦的理性思考，是狩獵的時候了。我深吸一口氣，將下方人類體內血的氣味吸進我的體內。他們並不是這附近唯一的人類，卻是距離最近的。決定要獵殺**誰**是你在吸入獵物的氣息前就得決定好的事，但現在已經來不及做決定了。

迪亞哥從屋簷而降，保持在視線之外。他落地時的聲音太小，不足以引起正在哭泣的妓女、出神的妓女，以及暴怒皮條客的注意。

一聲低沉的咆哮從我牙齒間流瀉出來。我的！那些血是**我的**。我喉嚨間的灼燒感爆發，讓我不再思考。

我翻身下了屋頂，旋身過街，正好在那名哭泣的金髮妓女身旁落地。我感覺得出迪亞哥在我的身後，因此我對他發出了一聲警示的咆哮，隨後抓住了那受到驚嚇女孩的頭髮。我將她推向巷子裡的牆壁，也讓自己的背緊貼著牆。保持警戒，以防萬一。

然後我完全忘了迪亞哥的存在，因為這會兒我只能感受得到她皮膚底下的熱度，聽到她的脈搏在表面下鼓動。

她張開嘴準備尖叫，但我的牙齒在她能發出聲音前截斷了她的氣管。只聽得見空氣以及她肺部血液流動的聲音，和我抑制不住的低吟。

她的血液溫暖又甜美，抑止了我喉嚨中的火熱，平緩了我胃裡惱人騷動的空虛感。我吸吮又吞嚥，不去在意其他的事情。

我聽到迪亞哥發出了一點聲音——他抓住那個男的，另外一個女的躺在地上不省人事。兩人都沒機會發出聲響。迪亞哥很厲害。

這些人類最大的問題就在於他們體內的血似乎永遠都不夠，只不過一會兒的時間，這女孩的血就乾了。我懊惱的搖晃她癱軟的身體，我的喉嚨已經又在灼燒了。

我將那無用的身體朝地上一丟，並朝著牆邊蜷伏，計算著能不能在迪亞哥抓到我之前先趕到那名無意識的女人身邊。

迪亞哥已經解決了那名男子。他用一種……我只能形容為同情的眼神看著我。但也許我完全搞錯了也不一定。我不記得有誰曾對我感到同情，所以我不太確定那是什麼樣的神情。

「這個給妳。」他這麼說著，朝躺在地上無動靜的女孩點了點頭。

「你在開我的玩笑吧？」

「才不是，我現在沒問題，今晚我們還有一點時間獵食。」

小心警戒的看著他有沒有要耍賤招的跡象，我快速衝向前抓住了那個女孩。迪亞哥並沒有阻止我，只是稍微別過身並抬頭看著黑暗的天空。

我將牙齒咬進她的脖子，視線則停留在他身上。這一個嘗起來比上一個還來得好，她的血很乾淨。上一個金髮的血有著毒品殘留的苦澀味——對此我太習慣了，甚至沒有察覺。我不太常喝到真的很乾淨的血，因為我遵守著找人渣的規則。迪亞哥似乎也是遵守著這條規則，他一定聞到了他所放棄的美味。

他為什麼這麼做？

當第二個身體乾涸了，我的喉嚨也覺得好多了。在我的身體裡有著不少的血，應該有好多天我都不會有灼熱感。

迪亞哥還在等我，一邊從齒縫間輕輕吹著口哨。我讓屍體墜落地上，發出一聲悶響，他回過身來對我微笑。

「呃，謝了。」我說。

他點點頭。「妳看起來比我還需要血。我還記得剛開始比較難熬。」

「會變得比較輕鬆嗎？」

他聳聳肩。「就某種程度上來說。」我們互望著對方好一會兒。

「把這些屍體丟進海灣吧。」他提議。

我彎下身，抓起那死掉的金髮女子，將她毫無生氣的屍體甩過我的肩膀。我正要去抓另一個的時候，迪亞哥搶先我一步，同時那名皮條客已經在他的背上。

「我來就好。」他說。

我尾隨著他上了暗巷的牆壁，然後一起攀爬過高速公路下的梁柱，下方車輛的燈光照不到我們。我想著這些人有多笨，多無知，而我很慶幸自己不是其中之一。

隱身於黑暗之中，我們來到一處夜間已關閉的無人碼頭。迪亞哥並沒有在水泥路的盡頭停下腳步，而是背著身上的重負直接跳進水裡，消失不見蹤影。我跟在他身後入水。

他游得既流暢又快速，就像鯊魚一樣，朝更深的黑暗海灣深處射去。他在找到他要的東西的時候突然停了下來——海床上一塊巨大又覆蓋滿滿汙泥的大石頭，海星和垃圾布滿它的周圍。我們的深度一定超過了一百英尺深——對一個人類來說，這裡伸手不見五指。迪亞哥放開他身上的兩具屍體，他們在他伸手穿過泥巴探向岩石底部的時候，隨著潮流從他身邊慢慢漂過。過了一會兒，他找到了縫隙便一把將巨石抬離原來的位置，巨石的重量讓他下半身都沉入了陰暗的海床。

他抬頭望向我，點了點頭。我朝他游去，用一隻手勾住他的身體。我把那金髮的塞進大石底下的黑洞，然後再把另一個女孩和皮條客也推了進去。我輕輕的踢了他們一下，確認他們都已經進去了，才讓出位置。迪亞哥放開大石讓它沉回原位，它稍微搖晃了一下，適應不平穩的新基底。他用力掙脫出爛泥，游至大石的上方，再將它用力往下推，把不平穩的障礙物壓扁。

他朝後退了幾碼來審視他的傑作。

太完美了，我無聲地做出嘴型。這三具屍體永遠也不會浮上岸。萊利絕對不會在報紙上看見他們的消息。

他咧開嘴笑了笑並伸出他的手。

我花了一點時間才意識到他想和我擊掌慶賀。遲疑地，我游向前，將我的手掌拍向他的，然後快速的游離他的身邊。

迪亞哥臉上露出一個奇怪的神情，然後他就像子彈一般射出水面。

我緊跟在他身後，有點困惑。當我破水而出時，他大笑地幾乎要嗆到。

「幹麼？」

一開始他沒辦法回答我，最後才勉強擠出聲音：「這是史上最差的擊掌了。」

我僵住，內心感到煩躁。「我哪知你是不是要扯掉我的手臂還怎麼的。」

迪亞哥嗤鼻。「我才不會那樣。」

「其他人就會。」我反駁。

「那倒是真的，」他同意，突然間對這個話題不再感到有趣。「妳還想要繼續打獵嗎？」

「這你還需要問嗎？」我們從一座橋底下上了岸，並且幸運的找到了躺在老舊又臭氣沖天的睡袋裡，睡在用報紙做成的床墊上的兩個流浪漢。他們兩個誰也沒醒過來，血液裡滿是酒精的酸味，但有還是比沒有好。我們把這兩人也一併埋進了海灣裡不同的岩石底下。

「好啦，我想我可以撐個幾星期。」當我們再度浮出水面，站在另一個空無一人的碼頭滴著水時，迪亞哥說道。

我嘆了口氣。「我猜這就是你所說的會變輕鬆的部分，對不對？再過幾天我又會感到灼熱炙燒，然後萊利就會又把我派去和拉烏爾那群怪胎一組了。」

「如果妳願意的話，我可以和妳一起。萊利還滿放任我做自己的事。」

我想了想他的提議，有一點懷疑。但是迪亞哥似乎和其他人不太一樣。和他在一起感覺很不同。好像我不需要太常保持警戒。

「我喜歡這主意。」我坦承。這麼說有點奇怪，好像有點太懦弱了還是什麼的。

但是迪亞哥只說了聲「酷」，然後對著我笑了。

「為什麼萊利會這麼放任你？」我問他，猜想著他們之間的關係。和迪亞哥相處得越久，我就越難想像他和萊利是同一掛的。迪亞哥是這麼的……友善，和萊利完全不同。但也許這就是異極相吸的道理吧。

「萊利知道他可以信任我會收拾善後。提到這個，妳介意和我一起跑個腿嗎？」

我開始對這個奇怪的男孩感到興趣。對他很好奇。我想知道他要幹什麼。

「沒問題。」我說。

他躍過碼頭朝著濱水區的路前進，我緊跟在後。我聞到幾個人類的氣味，但是我知道這裡太暗，而且我們動作太快了讓他們看不見我們。

他又再度選擇了屋頂這條路。經過幾個跳躍之後，我認出了我們的氣味，他正回溯著我們的來時路。

然後我們回到最初凱文他們那一群胡搞車子的那條巷子裡。

「真是太扯了。」迪亞哥低吼。

看來凱文一行人才剛離開。又有另外兩臺車堆疊在第一臺車的上面，還有一群旁觀者增加了屍體的數量。警察還沒有來到現場——因為任何可能報警的人都已經死光了。

「幫我整理這一團混亂吧？」迪亞哥問道。

「好呀。」

我們翻身落地，然後迪亞哥很快速的將車子重新安排放置，好讓車子看起來像是互相對撞，而不是被一個巨大的嬰兒發脾氣亂扔。我拽了人行道上兩具乾涸的屍體，將它們塞進很顯然是撞擊現場的下方。

「好悲慘的意外呀。」我說。

迪亞哥咧嘴笑了。他從放在口袋中的夾鍊袋裡拿出一個打火機，並開始點燃罹難者的衣物。我抓起自己的打火機——萊利在我們出發狩獵前發給我們的；凱文該用自己的——還應該自己安排好擺設，乾枯並且充滿了易燃毒液的屍體很快就起火燃燒。

「退後。」迪亞哥警告著，然後我看到他已經打開了第一輛車的油箱蓋，並取下蓋子。我跳上最接近的一面牆，攀上一層樓高的高度觀看。他朝後退了幾步後點燃一根火柴，瞄準好精準的角度，他把火柴丟進了小小的油箱口。在同一時刻他已跳至我的身邊。

爆炸的撞擊力震撼了整條街，燈光開始在角落處晃動。

「幹得好。」我說。

「謝謝妳的幫忙。回萊利那兒了？」

我皺起眉頭。萊利的家是我最不想打發我剩餘夜晚時間的地方。我不想看拉烏爾那一張蠢臉，也不想整晚都聽他們叫囂打架。我不想要整晚都咬緊牙根躲在怪咖福瑞德的背後，這樣才沒有人來煩我。而且我已經沒書可看了。

「我們還有點時間，」迪亞哥看了我的表情後說道。「不必馬上回去。」

「我需要一點閱讀題材。」

「而我則需要一點新的音樂。」他笑了。「我們去購物吧。」

我們快速地穿越市區——再次躍上屋頂，當建築物間距太遠時則改由穿過陰暗的道路——一直到我們來到一個比較友善的社區，很快的我們就找到了一個擁有大型連鎖書店的小商場。我捏碎屋頂逃生門上的鎖讓我們進入，書店裡空無一人，只有門窗上裝有警報器。我直接走向作家名稱H開頭的書櫃，而迪亞哥則是走向後面的音樂區。我才剛看完海爾的書，所以我拿了同一排接下來的一打書；這夠我看好幾天了。

我繞了一圈尋找迪亞哥，發現他坐在咖啡座的椅子上，認真研讀著他新唱片的背面。我停頓了一下，隨即加入他。

這感覺很奇怪，因為這一切是那麼熟悉到令人感到不安與困惑。我曾像這樣做過——和某人面對面坐著。我和那人輕鬆地閒聊，想著和生與死，或是飢渴與鮮血無關的事。但那是屬於一個模糊不清、另一輩子的事了。

上一次我和某個人面對面坐下來的時候是和萊利。基於多項原因，要記住那一夜的事很困難。

「為什麼我以前在屋子裡都沒注意到妳？」迪亞哥突然問道：「妳都躲在哪？」

我同時又笑又皺眉。「通常我都躲在怪咖福瑞德的附近。」

他皺了皺鼻子。「妳沒騙我？妳怎麼受得了？」

「習慣就好。躲在他背後沒有像在他前面一樣那麼糟。不管怎樣，那都是我找得到的最佳藏身處。沒有人接近得了福瑞德。」

迪亞哥點頭，但還是面露噁心之感。「這倒是真的。這是求生存的一個辦法。」

我聳了聳肩。

「妳知道福瑞德是萊利的最愛之一嗎？」迪亞哥問道。

「真的嗎？怎麼可能？」沒有人受得了怪咖福瑞德。我是唯一敢嘗試的一個，而這全都是為了求生意志。

迪亞哥心懷鬼胎似的朝我靠過來，我已經習慣他的詭異行徑而沒有退縮。

「我聽到他和那女人在講電話。」

我打了個冷顫。

「我知道。」他說，再度帶著同情的語氣。當然了，在談論起那女人時我們很能引起共鳴。「這是幾個月之前的事了。總之萊利在談論福瑞德的事，整個人很興奮。從他們的言談內容聽來，我猜有些吸血鬼能做一些事吧。我是指一些一般吸血鬼辦不到的事。那樣很好——正是她在尋找的。有特殊能力的吸血鬼。」

他故意強調特殊這個詞的發音，好讓我聽出他在腦海裡描繪的樣子。

「什麼樣的特殊能力？」

「聽起來像是任何一種特殊能力。讀心術啦、追蹤啦，甚至是預見未來那一類的。」

「你胡說。」

「我才沒有。我想福瑞德應該可以故意讓人怕他之類的，但這一切都只是我們腦子裡的想像，他讓我們一想到要接近他就感到噁心。」

我皺起眉頭。「這怎麼會是好事？」

「這讓他活下來了，不是嗎？我猜這也讓妳活下來了。」

我點點頭。「我想是吧。他有提到其他人嗎？」我試著回想任何我所看到或是感受到的奇怪事件，但福瑞德是獨一無二的。在巷子裡假扮超人英雄的那群小丑所做的事是我們任何人都辦得到的。

「他提到了拉烏爾。」迪亞哥說，他的嘴角向下癟了癟。

「拉烏爾能有什麼特殊能力？超級笨嗎？」

迪亞哥嗤了一聲。「絕對是這個沒錯。但是萊利似乎認為他有某種吸引力──大家會被他吸引，跟隨他。」

「只有智能不足的會。」

「是呀，萊利也提到這一點。這對那一些……」──他突然模仿起萊利的聲調──「『較溫馴』的孩子似乎沒用。」

「溫馴？」

「我想他指的是像我們這樣偶爾會有思考能力的人。」

我不想被稱為溫馴。這種說法聽起來不太像是件好事，迪亞哥的說法聽起來比較好一些。

「聽起來好像是萊利必須讓拉烏爾領導大家——有事情要發生了，我想。」

聽到他這麼說的時候，我的脊椎傳來了一陣惡寒，我坐直一點。「什麼事？」

「妳有沒有想過為什麼萊利一直要求我們保持低調？」

在回答之前我遲疑了半秒。這聽起來不像是萊利的副手在進行偵訊，幾乎像是他在質疑萊利所告訴我們的事。除非迪亞哥是為了萊利才這麼問的，像個間諜一樣，找出「孩子們」對他的看法。但是感覺不像，迪亞哥的深紅色眼睛坦然充滿著信任。更何況萊利為什麼要在乎？也許其他人所說的有關迪亞哥的事並不是真的，只是八卦。

我誠實的回答他。「其實我也正在想這件事。」

「我們並不是這世上唯一的吸血鬼。」迪亞哥嚴肅的說。

「我知道。萊利有時候會透露一些事，但是不可能會有太多吧。我的意思是，我們之前就會遇過了吧？」

迪亞哥點頭。「我也是這麼想。但這麼一來那女人不斷製造更多我們的原因不就很奇怪了，不是嗎？」

我皺眉。「嗯。又不是說萊利特別喜歡我們還是怎麼的……」我再度停頓了一下，等著看他是否會反駁我所說的，但是他沒有。他只是等我接著說下去，還邊點頭表示同意，所以我繼續說：「更何況那女人都還沒現身自我介紹過。你說得對。我還沒想過這一點。事實上我從來沒有想過這個問題。只是，他們要我們幹麼？」

迪亞哥挑了挑一邊的眉。「妳想知道我的理論嗎？」

我遲疑的點了點頭，但是我的焦慮和他一點關係都沒有。

「就像我說的，有事情要發生了。我想那女人需要保護，而她派萊利負責製造前線。」

我想了想，背脊再度傳來一陣惡寒。

「為什麼他們不告訴我們？我們不是應該輪班看守之類的，不是嗎？」

「這麼做才合理。」他同意。

我們默默的看著對方好一會。我不知道還能多說些什麼，看起來他也是。

最後我皺起臉說：「我不知道該不該相信這些——我是指關於拉烏爾有任何優點這一點。」

迪亞哥大笑。「這我可沒辦法反駁。」然後他瞥了一眼窗外尚自黑暗的凌晨。「時間到了。我們最好趕在變成脆皮薯片之前回去。」

「灰燼，灰燼，我們都倒下死了（註1）。」我在抱好我的書站起身來時低聲地哼著。

迪亞哥竊笑。

註1　這是一首十八世紀時的童謠。十八世紀時英國黑死病猖獗，這首童謠其實在反映當時人們在對抗黑死病時的情景。

在回家的路上，我們先到隔壁的 Target 量販店很快的拿了一包大的夾鍊袋和兩個背包。我把我的書包了兩層，因為浸過水的書總是讓我很火大。

然後我們幾乎是飛簷走壁般地回到了水邊，東方的天空正漸漸地展現魚肚白。我們在兩個渡輪上的守衛面前潛入海灣，而他們毫無知覺——他們真該慶幸我已經飽了，不然我的自制力可不太好——然後我們競賽穿過黑暗的海水朝萊利的住處游去。

一開始我並不知道我們得競賽。我只是快速的游泳，因為天色越來越亮。通常我不會把時間抓得這麼緊，如果我對自己誠實一點，我會說我是吸血鬼界的大宅女。我遵守規則，我不惹麻煩，我和族群裡最不受歡迎的孩子打交道，而且我總是提早回家。

然後迪亞哥開始卯足全力。他搶先我好一段距離，回過頭來對我笑，好像在說：**怎麼？妳追不上嗎？**然後又開始趕路。

笑話，我才不吃這一套。我不太記得我之前是不是很愛競爭——那看來似乎年代久遠又不重要——也許我是，因為我馬上就回應了他的挑戰。迪亞哥的泳技很好，但我比他強壯多了，尤其是我才剛吃飽。

回頭見啦！我在超過他時對著他做出脣語，但我不確定他看到了。

我將他遠遠拋在身後黑暗的水裡，我也沒有浪費時間回頭看我到底贏了多少，我只是不斷划水，迅速穿過海灣，一直到我抵達了最近才成為家的小島。上一個家是在北瀑布國家公園鳥不生蛋又冰天雪地裡的一間大木屋。就像上一間房子一樣，這一間房子地處偏遠，還有一個超大的地下室，以及一個最近才往生的屋主。

我快速搶上淺水的石頭海灘，然後用我的手指抓進陡峭的砂岩壁往上攀升。就在我握住一棵高大松樹的樹枝，借力讓自己翻過懸崖邊緣的時候，我聽見迪亞哥離開水面的聲音。

在我輕巧落地時，有兩件事情抓住了我的注意力。第一：前方一片漆黑。第二：房子已經不見了。

正確來說，並不是完全消失不見，某些部分用肉眼還是可以分辨，但是房屋原本所占用的空間現在卻是空的。屋頂倒塌成角度零亂又錯綜複雜的木頭堆，燒得漆黑，殘存的位置比原來的前門還來得低。

太陽上升得很快。原本看似漆黑的松樹林已經隱約變成青綠色。很快地白光就會占據黑夜，到時候我就死定了。

或者應該說再死一次，隨便啦。這一個飢渴的超人英雄第二人生就要在瞬間起火燃燒化為灰燼了，我只能推測起火的瞬間會非常非常痛。

這已經不是第一次我見到我們的房子遭到摧毀——地下室不時有打架和縱火事件發生，大部分的房子頂多撐個幾個禮拜——但在房子被摧毀的同時面臨了黎明時分第一道陽光的迫害，這還是我第一次遇到。

迪亞哥降落在我身邊時，我不禁嚇得倒吸一口氣。

「也許我們可以鑽到屋頂的下面？」我輕聲說：「這樣夠不夠安全，還是——」

「別緊張，布莉，」迪亞哥說，聽起來太過冷靜。「我知道一個好地方，來吧。」

他以一個非常優雅的姿勢翻身下了懸崖。

我不認為水足以抵擋陽光，但也許我們沉在水底就不會燒起來了？這主意聽起來很爛。

但是我並沒有鑽入被火吞噬殆盡的房屋殘骸底下，反而跟著他翻身下了懸崖。我不知道我的邏輯在哪裡，這還真是個奇怪的感覺。通常我都會做我該做的事——按表操課，做對的事。

我在水裡追上迪亞哥。他又在趕速度了，但這一次是認真的——和太陽賽跑。他在抵達小島的某一處時一個轉身向下深潛。我很驚訝他竟然沒有撞上海灣底的石頭，更令我吃驚的是，原本我以為只是一塊凸出的岩石，竟湧出了一道溫暖的激流。

迪亞哥夠聰明才想得出這樣的藏身處。是啦，一整天都待在水底的洞穴不可能會多好玩——不能呼吸好幾個小時之後會開始讓人煩躁——但總比化成灰燼來得強。我早該像迪亞哥一樣想到這一點，我是指除了鮮血以外的事，我應該要有所準備，以防萬一。

迪亞哥繼續朝著一道岩石的裂縫中前進，整片海水像墨汁一樣漆黑，很安全。我沒有辦法再利用游泳前進——空間變得狹窄——我只好學迪亞哥開始爬行，在彎曲的空間裡攀爬。我一直在等他停下來，但是他沒有。突然間我察覺我們正在往上，然後我聽到迪亞哥破水而出的聲音。

我在半秒鐘後跟隨著他出水。

這個洞穴不過是一個小洞，一個和福斯金龜車有著一樣空間的洞，但還不到車子的高度。後方有第二個爬行的隧道，我可以從那個方向聞到新鮮空氣流動的味道，我可以看得出迪亞哥手指的抓痕一次又一次的重複出現在石灰岩牆壁上。

「這地方不錯。」我說。

迪亞哥笑了。「比怪咖福瑞德的背後來得強吧。」

「這我沒辦法反駁。呃，謝了。」

「不客氣。」

我們在黑暗中望著彼此好一會兒，他的臉平和又冷靜。換作是別人，像是凱文或是克絲蒂或是其他人，這情況就會很嚇人——在狹小的空間之內，被迫貼近對方。我到處都可以聞得到他的氣味，這很有可能代表了立即、迅速又痛苦的死亡。但迪亞哥很鎮定，和其他人都不一樣。

「妳有多大了？」他突然問道。

「三個月。我告訴過你了。」

「我指的不是那個。我是說，嗯，妳之前幾歲了？我猜這才是比較正確的問法。」

我身子朝後退了些，當我理解到他在問我關於**人類**時期的事時，整個人感到不自在。沒有人談論這一些，沒有人想要去想這一些，但我也不想就此結束談話。光是能和人聊天這一點就是既新鮮又特別的事。我有點遲疑，而他帶著好奇的眼神等我回答。

「我之前，呃，我想是十五歲吧，快要十六，我不記得了……也許我的生日剛過？」我試著回想，但是最後幾星期挨餓的那些日子是一團漿糊，我越是想釐清，我的頭就開始以一種奇怪的方式痛著。我搖了搖頭，整個放棄了。「那你呢？」

「我剛滿十八歲，」迪亞哥說：「就差那麼一點。」

「差一點怎樣？」

「差一點就可以離開了。」他說，但是他沒有繼續說下去。隨之而來是片刻尷尬的沉默，然後他轉變話題。

「自從妳來了之後，妳的表現很好，」他說道，視線掃過我交疊的手臂以及屈起的雙腳。「妳活下來了——避開不必要的注意力，手腳無缺。」

我聳了聳肩，然後將我左邊T恤的袖子拉高至肩膀，所以他才看得到我手背上一道細微不規則的圓圈。

「我這被扯下來過一次，」我承認。「在潔娩了它之前搶回來。萊利教我怎麼讓它復原。」

迪亞哥苦笑了一下後，用一根手指碰了碰他的右膝。他的深色牛仔褲一定把疤痕遮起來了。「每個人都會經歷過一遭。」

「痛死了。」我說。

他點頭。「沒錯。但就像我剛說的，妳是一個還不賴的吸血鬼。」

「我應該要跟你道謝嗎？」

「我只是想到什麼就說什麼，試著釐清一些事。」

「什麼事？」

他皺了一下眉。「整個事情的來龍去脈。萊利到底在打什麼主意。為什麼他一直都帶著最普通平凡的孩子去見那女人。為什麼他不在乎那些人是否像妳一樣，或是像凱文那種笨蛋。」

聽起來他和萊利也沒有多熟。

「你說像我一樣是什麼意思？」我問。

「妳才是萊利該找的那一種——聰明的那一種——而不是像拉烏爾一直帶進來的蠢幫派嘍囉。我敢賭妳還是人類的時候一定不是那種毒蟲妓女。」

聽到人類這個詞，又讓我不安地動了動。迪亞哥一直在等我回應，好像他沒說什麼奇怪的事，我深呼吸一口氣然後開始回想。

「我已經很接近了，」在他耐心的凝視下，過了幾秒後我承認。「雖不至於淪落到那個地步，但是再過幾個禮拜……」我聳聳肩。「你知道的，我不太記得了，但是我記得我曾想過，在這地球上沒有任何一件事比飢餓的力量還要強。結果，誰知道飢渴更難熬。」

他大笑。「祈禱吧，姊妹。」

「那你呢？你和我們這種逃家問題青少年不一樣嗎？」

「噢，我問題夠多了。」他停止談話。

但我也可以靜靜地坐著，等待不合宜問題的答案。我只是盯著他看。

他嘆了口氣，他氣息裡的氣味真好。每一個人聞起來都甜甜的，但是迪亞哥的氣味帶了點不同的——像是肉桂或是荳蔻那種辛香料。

「我試著遠離麻煩，認真念書。妳知道嗎？我正努力要脫離貧民窟，去上大學，自己拚一番事業。但是有個傢伙——他和拉烏爾差不了多少，『逆我者亡』就是他的座右銘。我不想和他有任何牽扯，所以我離他和他那一群人遠遠的。我很小心，努力活下去。」他打住，閉上眼睛。

我不死心。「然後呢？」

「我的小弟就沒那麼小心了。」

我本來正準備要問他弟弟的下場，但看了一眼他臉上的神情，告訴我問是多餘的。我看向別處，不太確定該怎麼回應。我沒有辦法理解他所失去的，很明顯地他依舊感受到那份痛楚。我沒有失去任何會讓我懷念的東西。這就是我們之間的差別嗎？這就是為什麼他會沉浸在回憶裡，而我們其他人則是盡力避免回想？

我還是搞不清楚萊利到底是怎麼攪進這一切的。萊利和他那帶來痛苦的吉士堡（註2）。我想要知道這一部分的故事，但現在我覺得逼他說出實情很殘忍。

算我好運，過了一會兒迪亞哥繼續說下去。

註2　布莉流落街頭快餓死的時候，萊利答應要請她吃吉士堡誘騙她和他一起走。這裡應該是布莉在開自己玩笑，同時猜想萊利是用什麼誘騙迪亞哥。

「我有點喪失理智。從朋友那偷了一把槍之後就去尋仇。」他陰沉地笑了。「那時候的我不像現在這麼厲害，但我還是在他們找上我之前找到那個殺了我弟弟的傢伙。其他人把我逼進一條暗巷的死角，然後，突然之間，萊利就出現了，站在我和他們之間。我還記得自己當時想著：這傢伙真是我這輩子看過最白的人了。他們開槍射他時，他甚至連看都不看一眼，好像子彈跟蒼蠅一樣。妳知道他對我說了什麼嗎？他說：『你想要個新生命嗎，小鬼？』」

「哈！」我大笑。「這比我的好太多了。我的就只是一句：『要吃漢堡嗎，小鬼？』」

我還記得那晚萊利看起來的樣子，雖然影像有點模糊，因為當時我的視力糟糕透了。他是我見過最性感的男孩了，又高又是金髮，每一個特徵都完美。我知道他那從不拿下來的太陽眼鏡底下一定有著一雙一樣漂亮的眼睛。更何況他的聲音是那麼溫柔，那麼友善。我以為我知道他想要用一頓飯來交換什麼，而我也絕對會願意給他他想要的。不是因為他長得實在太漂亮，而是因為我已經兩個禮拜都在垃圾堆裡找吃的了。結果他要的根本是別的東西。

迪亞哥聽到漢堡那一句話時大笑。「妳那時候一定很餓。」

「沒錯。」

「那妳又怎麼會這麼餓？」

「因為我蠢到在考到駕照以前就逃家。我沒有辦法找工作，而且我又是一個很差勁的小偷。」

「妳在逃離什麼？」

我遲疑了。只要我集中精神，那些回憶就會變得清楚一些，但我不確定我想要這樣。

「噢，拜託！」他誘哄著。「我都告訴妳我的故事了。」

「是呀，你說了。好吧，我在逃離我爸，他常常打我，在我媽離家出走前他大概也常打她。我當時很小——所以我不清楚，然後情況越來越糟。我想如果我再待久一點，應該很快就會沒命。他告訴我如果我逃家我就會餓死，這點他倒是說對了——在我看來這是他唯一對的一次。我不太常去想這一些。」

迪亞哥點頭表示同意。「很難去記起這些事，不是嗎？一切都很模糊又黑暗。」

「活像是眼睛沾滿了泥巴看東西。」

「形容得好。」他稱讚我。他瞇著眼看我像是要試著看清楚，然後揉揉眼睛。

我們又一起大笑出聲。真奇怪。

「自從我遇見萊利之後，我不記得曾和別人一起大笑了。」他說道，正好呼應了我的思緒。「這樣很好。妳很好，和別人不一樣，妳曾試著要和其他任何一個人聊天嗎？」

「沒，才沒有。」

「妳沒錯過什麼精采的，這就是我想說的重點。如果萊利讓他身邊的吸血鬼水準都高一點，他的生活品質也會更好，不是嗎？如果我們必須保護那女人，難道他不應該找些聰明點的嗎？」

「所以萊利需要的不是腦力，」我分析。「他需要的是蠻力。」

迪亞哥抿起嘴思考著。「就像下西洋棋一樣，他並不是在製造騎士或是主教。」

「我們都是他的卒子。」我頓悟。

我們直盯著對方看了好久。

「我不想這麼想。」迪亞哥說。

「我們該怎麼辦？」我問道，不自覺就以「我們」相稱，好像我們已經是一個團隊。

他想了想我的問題，看起來不太自在，而我後悔用了「我們」這字眼。但後來他說：「我們根本不知道會發生什麼事情，能怎麼辦？」

所以他不介意我們是團隊的事，這讓我感到從來都沒感受過的快樂。「我想我們最好睜大眼睛，保持警戒，試著釐清答案。」

他點頭。「我們得好好想一想萊利曾告訴過我們的話，還有他做過的事情。」他停頓下來思考。「妳知道嗎？我曾經想和萊利談論這些事，但他根本不在乎。他告訴我把精神放在更應該注意的事情上——像是飢渴這件事。當然當時的我也只能想這事。他派我出去狩獵，然後我就不再煩惱……」

我看著他想萊利的事，他的眼神在回想這些時沒有焦距，然後我開始思索，迪亞哥是我在這個生命裡的第一個朋友，但我卻不是他的。

突然間他的注意力轉回到我身上。「所以我們從萊利身上知道了些什麼？」

我集中精神，在腦海裡回想著過去三個月以來的事。「他告訴我們的其實真的不多，你知道的。只有吸血鬼的基礎知識。」

「我們得更加用心留意傾聽。」

我們靜靜的坐著，思考這一切。我主要思索著有太多的事我不知情，還有為什麼我之前不會像現在一樣擔心一些我不知道的事？彷彿和迪亞哥的一席話讓我的腦袋整個清醒過來。三個月來的第一次，**鮮血**不是占據我頭腦的最主要因素。

沉默持續了好一陣子。洞穴裡那個我感到有新鮮空氣流動的黑洞已經不再是黑的了。現在它成了深灰色，並隨著每一秒的流逝漸漸轉亮。迪亞哥看見我一臉擔憂地望著它。

「別擔心，」他說：「在晴天的時候會有一些昏暗的光線射進來，不會造成傷害的。」他聳聳肩。

我朝著那地板上的洞坐近了些，潮汐退了之後水就不見了。

「講真的，布莉。之前我就曾在這裡待過一整天。我告訴萊利這個洞穴的事——關於大部分的時間它都浸在水裡，而他認為我想遠離瘋狂之屋的時候能有個地方去很酷。總之，我看起來像是完蛋了嗎？」

我遲疑著，心裡想著他和萊利間的關係和與我的是如此不同。他挑起眉，等著我回應。「不，」最後我說：「但是……」

「聽著，」他不耐煩的說，輕鬆地朝隧道爬過去，還將手臂伸直進洞裡，一直到肩膀也埋入。「什麼也沒有。」

我點了一下頭。

「放輕鬆！妳想看我能爬多高嗎？」他一邊說，一邊把頭探進洞裡，然後開始攀爬。

「不要，迪亞哥。」他已經離開我的視線。「我很放鬆，我發誓。」

他開始大笑——聽起來他已經爬上隧道好幾碼的高處。我想要跟在他身後，抓住他的腳踝把他拉回來，但我太緊張了，完全動彈不得。為了拯救一個陌生人的生命卻賠上自己的實在很蠢。但距離上次我有個類似是朋友存在的人已經好久了，僅僅過了一個晚上，要回到無人能談話的日子已是很困難。

「我還沒變得火紅，也一點都不想呀！」他用開玩笑的語氣朝下大喊。「等一等……那是……？噢！」

「迪亞哥？」

我橫越過洞穴並且把頭探進通道裡。他的臉就在我的正上方，離我不到幾吋。

「嚇！」

他靠得太近讓我不禁往後退縮——只是反射動作，一個老習慣。

「真有趣。」我不帶感情地說，在他重新滑進洞穴時走開。

「妳得放輕鬆一點，女孩。我調查過了，好嗎？間接的陽光不會造成傷害。」

「你是說我可以坐在陰涼的大樹下也無所謂囉？」

他遲疑了一會兒，好像是在衡量該不該告訴我，然後輕輕的說了：「我做過一次。」

我盯著他看，等著他作鬼臉。因為這是個笑話。

但是他沒有。

「萊利說……」我起了頭，然後我的聲音漸漸消失。

「是啦，我知道萊利說了什麼，」他同意。「也許萊利不像他說的那般無所不知。」

「但是雪莉和史蒂夫，道格和亞當，那個有著一頭火紅頭髮的小孩，他們都不見了，因為他們沒來得及回家。萊利看到灰燼了。」

迪亞哥的雙眉不悅的皺起。

「大家都知道古老的吸血鬼在白天必須躲在棺材裡，」我繼續說：「要躲避陽光。這是常識啊，迪亞哥。」

「妳說得沒錯。所有的故事都是這麼說的。」

「更何況萊利把我們都關進完全避光的地下室——那個集團用的棺材——一整天，能有什麼好處？我們只會在那個地方搞破壞，然後他還得處理一堆打鬥事件，永不止息的災難。你可別告訴我他很愛做這些事。」

我不知道說了什麼讓他大吃一驚。他坐著張大了嘴好一會兒，然後閉上。

「怎麼了？」

「常識，」他重複。「通常吸血鬼成天都待在棺材裡做什麼？」

「呃——對了，他們應該要睡覺的，不是嗎？但我想他們應該只是躺在那裡無聊得要死，因為我們不會……好吧，這個部分是錯的。」

「是呀。但在故事裡他們不只是睡覺，他們是完全沒有意識，他們沒有辦法醒過來。人類可以直接走過去用木樁刺穿他們的心臟，沒問題，這就是另外一個問題了——木樁。妳真的認為有人可以用一根木棍刺穿妳嗎？」

我聳了聳肩。「我沒認真想過。很明顯的，一定不是用普通的木頭吧，我想。

也許削尖的木頭會有一種……我不知道啦，有魔力還是什麼的。」

迪亞哥嗤鼻。「拜託。」

「我不知道。如果有人類拿著掃帚柄追著我跑時，我才不會呆呆站著咧。」

迪亞哥——還是有一種充滿嫌惡的表情在他臉上，好像當你是吸血鬼的時候，魔法仍然是無稽之談——翻身跪坐起來並開始挖掘他頭頂上的石灰石，小石塊紛紛掉進他的頭髮，但他不管。

「你在幹什麼？」

「做實驗。」

他用雙手挖掘，直到空間大到他能夠站直身軀，然後繼續。

「迪亞哥，你到了地面就會爆炸。停下來。」

「我又不是要——啊，好了。」

突然一聲巨大的斷裂聲響，隨之而來的又是另一個，但是沒有陽光。他低下身子回到我看得到他臉的地方，手裡拿著一枝樹根，蒼白，又是死的，在土堆下乾枯。他扯斷的那一頭邊緣呈現銳利不平的尖角。他把它丟向我。

「刺我。」

我丟回去。「才不要。」

「我是認真的。妳明知道這不會傷我。」他把木頭丟向我，但我沒接住，一掌打了回去。

他在半空中接住然後呻吟說道：「妳實在是……有夠迷信！」

「我是吸血鬼。如果這樣還不能證明那些迷信的人是對的，我不知道還有什麼可以。」

「算了，我自己來。」

他很戲劇化地將樹枝拿起，手臂伸直遠離自己的身體，像是手中拿了把劍正要刺穿自己。

「拜託，」我不安地說：「這實在很蠢。」

「這正是我想證明的。什麼事都不會發生。」

他將木頭撞擊在自己的胸膛，就在他曾經會跳動的心臟上方，力道強勁得足以擊碎一塊大理石板。我因過度驚恐而不能動彈，一直到他大笑。

「妳真應該看看自己的表情，布莉。」

他將破碎的木屑自手中甩開，斷裂的樹根四散在地上。迪亞哥拍了拍他的襯衫，雖然那衣服早就因為一連串的游泳以及挖掘工作變得破爛不堪。下一次有機會的時候，我們倆都得多偷一些衣服了。

「也許由人類來做結果會不一樣。」

「因為妳在身為人類的時候充滿了神奇魔力？」

「我不知道，迪亞哥，」我說道，開始有點惱怒。「那些故事又不是我編的。」

他點點頭，突然之間正經了許多。「也許這些故事就是這麼來的？編出來的？」

我嘆了口氣。「這又有什麼差別？」

「不確定。但如果我們想釐清為什麼我們會在這裡——為什麼萊利要帶我們給那女人，為什麼她必須創造更多的我們——我們就必須盡可能學習更多事。」他皺起眉，所有笑鬧的神情都從他臉上退去。

我只能盯著他看，沒有任何答案。

他臉部的線條柔和了些。「這麼做真的很有幫助，妳知道的，一起談論，這幫助我抓住重點。」

「我也這麼認為。」我說：「我不知道為什麼以前我從來沒想過這些，這些都太明顯了。但像現在這樣集思廣益……我不知道，我可以更集中精神了。」

「沒錯。」迪亞哥對著我笑了。「我真的很高興妳今天晚上有出來。」

「你少跟我裝親熱了。」

「什麼？難道妳不想，」——他睜大眼睛還嗲聲嗲氣的——「和我成為死黨好姊妹嗎？」他為了那肉麻的說法大笑。

我翻了個白眼，不太確定他在笑我還是在笑自己的用詞。

「來吧，布莉。成為我永遠的麻吉吧，拜託？」他還是在戲弄我，但是他咧開的笑容是這麼自然又……充滿希望，他伸出他的手。

這一次我準備給他一個真正的擊掌，卻一直到他緊握住了我的手才瞭解到他別有意圖。

花了一輩子的時間極力避免和人有接觸——因為這三個月以來就是我的一輩子——才碰觸到另外一個人的感覺是令人吃驚的震撼。就好比是觸碰到了冒著火花的電線，感覺卻意外的好。

我臉上的微笑感覺有點不勻稱。「我加入。」

「太好了。專屬於我們倆的私密俱樂部。」

「絕對私密。」我同意。

他仍舊沒放開我的手。並非是在握手，也不是緊握不放。「我們需要一個祕密的手勢。」

「你可以負責想一個。」

「現在超級私密麻吉俱樂部要召開會議，全員出席，祕密手勢日後決定，」他說：「討論提案一：萊利。他是天兵？被誤導？還是在說謊？」

他說話的時候直看著我的眼睛，張大的眼裡透露著真摯。他說著萊利的名字時，眼神並沒有變。就在這一刻，我非常確定迪亞哥和萊利之間並沒有什麼祕密。迪亞哥只是比其他人都混得更久，僅止於此。我可以相信他。

「把這件事也列在清單上，」我說：「計謀。他到底在打什麼主意？」

「切中要點。這正是我們必須找出來的答案。但首先，另一項實驗。」

「這聽起來讓我很緊張。」

「信任在這個祕密俱樂部裡是最重要的一項元素。」

他站起身來進入那一個他剛剛挖掘出來的天頂空間，然後又再度開始挖掘。不一會兒，他的腳已經懸掛在半空中，他用一隻手支撐著自己，空出來的另一隻手繼續挖掘。

「你最好是在挖大蒜。」我警告他，然後朝後退了幾步直到通往大海的隧道邊。

「那些故事都不是真的，布莉。」他朝著我大喊，接著又將自己朝正在挖掘的洞裡往上拉了些，土石不斷的往下墜落。照這個速度來看，他很快就會把洞填滿。

或者是讓陽光照進這個地方，這麼一來，這地方就更沒有用處了。

我幾乎整個人都要滑進逃生通道裡了，只剩下我的指尖和眼睛還留在邊緣之上。水位到我的臀部。要完全躲進下方的暗處，我只需要微秒的時間。我可以一整天都不必呼吸。

我從來就不喜歡火。這也許和某些深埋在記憶角落的童年有關，也或許是最近的。成為吸血鬼已經夠我受的了。

迪亞哥一定快接近地面了。又一次的，我為即將失去這個最新以及唯一朋友的念頭感到苦惱。

「拜託你住手，迪亞哥。」我輕輕地說，知道他大概會笑出來，也知道他不會聽我的。

「相信我，布莉。」

我靜靜等待。

「快好了……」他喃喃自語。「成了。」

我緊繃地等待光線，或是火花，甚至是爆炸，但是迪亞哥只是在黑暗中重新回到洞穴裡。他的手裡握了一枝更長的樹根，一枝粗壯又彎曲的東西幾乎和我一樣高。他給了我一個「我早告訴過妳」的眼神。

「我並不是個有勇無謀的人。」他說。他用另一隻手指著樹根。「看──防護措施。」

話一說完，他就將樹根朝他剛挖好的新洞裡向上戳。碎石和沙土如雪崩般地掉落，迪亞哥連忙蹲下避開。然後一道燦爛的光──一束如迪亞哥手臂般粗的光線──穿透了黑暗的洞窟。這一道光從洞窟頂端到地板之間形成了一道光束，在飛揚的塵土間看來隱隱發光。我全身冰冷，動彈不得，緊緊抓著岩壁，準備隨時逃跑。

迪亞哥並沒有因為痛苦而抽搐、痛哭出聲，也絲毫聞不出煙的焦味。整個洞窟比原先還來得光亮一百倍，但他似乎沒有受到任何影響，也許他說的那個有關大樹陰影的故事是真的。我看著他小心翼翼的跪坐在光束旁邊，一動也不動，睜大著眼看。他看起來還好，但是他的皮膚彷彿有一些變化。看起來似乎有些動靜，也許是漸漸沉澱的灰塵，在光芒中反射所致，看起來就好像他有一點發光。

也許那不是灰塵，而是他燒起來了。也許那樣一點也不痛，而等到他有知覺時已經來不及了……

時間隨著我們動也不動，瞪大眼睛盯著看陽光的時候流逝。

然後，隨著一個既是預期中的，卻又令人不敢置信的動作，他伸出了他的手，掌心向上，朝光芒之處伸直了手臂。

我的動作比我的思緒還快，真的很快，前所未有的快速。

在迪亞哥來得及觸碰到陽光的前一刻，我把他推倒在堆滿了泥土的洞窟牆壁。整個空間突然散發出刺眼的光芒，而我感覺到了在我腿上的溫暖，同時意識到這個空間不足以讓我推倒迪亞哥卻又不讓自己暴露在陽光之下。

「布莉！」他驚歎。

我不由自主地掙扎離開他，將自己蜷縮至牆角，這過程的時間不到一秒。我一直等著疼痛向我襲來，等待火焰整個吞噬我，包圍我全身，就如同當初我見到那女人的那一個晚上，只是更快速。令人迷眩閃爍的光芒不見了，又恢復成一道光束。

我看向迪亞哥的臉——他瞪大了眼睛，嘴巴張開。他完全靜止不動，這很顯然的是一種警訊。我想要往下看我的腿，但我太過害怕而不敢看它還剩多少。這和潔扯斷我的手臂可不同，雖然扯手臂痛多了，然而這回我可沒辦法修復。

但還是沒有疼痛感。

「布莉，妳看到了嗎？」

我很迅速的搖了搖頭。「有多慘？」

「慘？」

「我的腳，」我咬緊牙關說：「告訴我還剩下多少。」

「妳的腳看起來很好。」

我很快的往下瞄了一眼，很顯然的，我的腳掌和小腿都還在，就和以前一樣。

我伸展腳趾。沒事。

「會痛嗎？」

我離開地板跪坐起身。「還不會。」

「妳看到發生了什麼事嗎？那道光芒？」

我搖搖頭。

「妳看好，」他說著，又再度跪在那束陽光之前。「這一次不要再把我推開了。妳已經證實我是對的。」他伸出他的手。雖然我的腳不覺得痛，看他這麼做還是很難。

在他的手指進入陽光的那一瞬間，整個洞窟填滿了數萬個耀眼燦爛的彩虹反射。就好像是正午時分的玻璃屋——無一處不亮。我畏縮又打了個寒顫，我的全身都被陽光覆蓋著。

「這不是真的。」迪亞哥輕歎。他把整隻手都伸進陽光裡，然後洞窟不知怎麼的竟然更亮了。他翻轉手掌好審視手背，然後又翻回掌心。反射的光芒跳著舞，好像他是一塊翻轉的稜鏡。

空氣中並沒有燒焦的味道，而很明顯的他也沒有感受到痛楚。我湊近看了他的手，就好像表面上有著數以億萬計的小鏡子，太過微小而無法個別辨識，全都以雙倍的強度反射陽光。

「過來吧，布莉——妳一定得試試。」

我想不出理由來反駁，更何況我很好奇，但我還是不太情願的滑到他身邊。

「不會燒傷？」

「才不會。陽光不會灼傷我們，只會……在我們身上反射。我想這麼形容還太過於輕描淡寫了。」

像人類一般緩慢的，我勉強伸直我的手指接觸陽光。立即的，反射光在我的皮膚上閃耀，把洞穴照得光亮，相較之下外頭的白天反而顯得陰暗。這不完全是反射出來的光，因為光線折射又帶有色彩，更像是水晶。我把整隻手都伸進陽光裡，洞穴又更亮了。

「你想萊利知道這件事嗎？」

「也許知道。也許不知道。」

「如果他知道的話為什麼不告訴我們？這麼做的目的是什麼？我們是會走路的舞廳鏡球又怎樣？」我聳肩。

迪亞哥大笑。「我可以瞭解故事是怎麼來的了。試著想像如果妳還是人類的時候看到這種場面，妳不會誤以為那個人開始起火燃燒嗎？」

「如果他沒有停下來閒聊，或許會吧。」

「這太神奇了。」迪亞哥說。他用一根手指劃過我發光手掌上的一道細紋。然後他在陽光底下跳了起來，整個空間光芒四射。

「走吧，我們離開這裡。」他站直身軀將自己推向那個通往地面的通道。

你會以為我已經調適過來了，但我還是很緊張地追在他身後。不想被認為是個超級膽小鬼，我緊跟在他後頭，但是一路上我都心驚膽戰。萊利一直很強調在太陽底下化為灰燼的事；在我的心裡，我一直把這件事和變成吸血鬼時那種恐怖至極的灼熱燃燒聯想在一起。所以一想到這事，我本能地就無法逃脫出貫穿我全身的恐懼感。

迪亞哥已經爬出洞口，半秒鐘之後我緊跟在後。我們站在一小塊雜草叢生的地上，距離覆蓋小島的樹林只有幾呎之遙。在我們身後幾碼就是一處低矮的峭壁，再過去就是水。周圍的東西都因我們身上放射出充滿色彩的光芒而映照的晶亮。

「哇。」我低喃。

迪亞哥對我露齒一笑，他的臉在陽光中很美，而突然之間，我的胃一陣痙攣。我意識到這整個永遠的麻吉這檔事太過誇張了，至少對我而言是，這一切都太快了。

他的露齒笑容漸漸的放鬆成一絲微笑。他的眼睜得和我的一樣大，充滿畏懼和光芒。他碰觸我的臉，就像碰觸我的手一般，好似他正想研究出光芒的本質。

「真美。」他說。他的左手貼在我的臉頰上。

我不太確定我們這樣站了多久，對著彼此像白痴般的傻笑，又像是火炬般的散發出光亮。整個小水灣並沒有船隻停泊，這樣也好，不可能有哪個眼睛塗了漿糊的人類看不到我們。並不是他們能有辦法對付我們，但現在我並不渴，更何況一堆尖叫聲可是會破壞氣氛的。

最後一片密實的雲朵飄移至太陽前方，雖然還是有一點點發光，但突然間我們又是我們自己了，眼睛沒有吸血鬼銳利的人可察覺不出來。

一旦身體的光芒不見，我的思緒就立刻清醒，而我可以開始思考接下來會發生的事。但即使迪亞哥看起來又恢復正常了——至少沒有發出刺眼光芒——我知道他在我眼裡再也不一樣了。在我胃裡那一份微微刺痛的觸感還是在，我有預感這感覺會一直存在。

「我們要告訴萊利嗎？我們該認定萊利不知道嗎？」我問。

迪亞哥嘆了口氣，然後放下他的手。「我不知道。我們還是一邊追蹤他們一邊思考吧。」

「在白天追蹤他們必須格外小心。在陽光底下我們還滿顯眼的。」

他咧嘴一笑。「我們來學忍者吧。」

我點頭。「超級祕密忍者俱樂部聽起來比那個什麼麻吉俱樂部來的酷多了。」

「絕對是。」

要找出整個集團離開小島的地方只花了我們幾秒鐘的時間。這並不難。要找出他們在本土何處登陸就是另外一回事了。一開始我們曾討論過分頭進行，但最後又一致否決了這個主意。我們非常符合邏輯——畢竟如果其中一人找到了蛛絲馬跡，我們要怎麼告訴對方？——但最主要的其實是我不想離開他，而我也感覺得出他有相同想法。我們兩人都經過了一段很久沒人陪伴的時間，要浪費任何一分鐘都令人非常不捨。

他們有太多地方可以去。也許是到本土的半島上，也有可能是去了另一座小島，或者又回到西雅圖的郊區，甚至也可能是到加拿大。不管任何時刻，只要我們破壞或是燒毀了房屋，萊利永遠都是有備無患——他似乎永遠都知道下一步要去哪裡。他一定是事先防範了這一類的事件發生，但是他從來不讓我們知道他的計畫。

他們可能在任何地方。

我們一路不斷浮出與潛入水面來躲避船隻，人類真的讓我們的速度減緩。我們花了一整天的時間卻徒勞無功，但誰也不介意。我們度過了前所未有的快樂時光。

今天真是奇怪的一天。我不是像平常一般悲慘的坐在黑暗裡，試著屏除一切混亂，並且在我的隱身之處吞忍著噁心反胃的情緒，而是和我的新朋友一起玩忍者遊戲，或者是更多。我們在穿梭過陰暗區域時一邊開懷的大笑，一邊把石頭拿來當成手裡劍往對方身上扔。

當夕陽西下時，突然間我緊張了起來。萊利會出來找我們嗎？他會以為我們燒焦了嗎？他知道事實的真相嗎？

我們開始加緊腳步，加快速度。我們已經勘查過附近所有的島嶼，現在我們把焦點集中在本土。大約在太陽下山後的一個小時之後，我捕捉到一絲熟悉的氣味，不一會兒我們已經追上他們的蹤跡。一旦我們找到氣味的路徑，要找他們就像在雪地裡追蹤一群大象般簡單。

我們邊跑邊談論著該怎麼做，開始認真起來。

「我想我們不該告訴萊利，」我說：「告訴他我們一整天都待在洞穴裡，然後才出來尋找他們。」我心中的不安開始增加。「最好是告訴他你的洞穴裡漲滿了水，我們一整天都沒法說話。」

「妳認為萊利是個壞蛋，對吧？」過了一會兒他靜靜的問，他在說話的時候牽起了我的手。

「我不知道。但我想假裝他是，為了以防萬一。」遲疑了一會兒，我又說：「你不想把他當成壞人？」

「沒錯，」迪亞哥承認。「他可以說是我的朋友。雖然不像妳和我是朋友般的關係。」他握緊了我的手。「但是不管如何，我不想去設想……」迪亞哥沒把話說完。

這次換我握緊了他的手。「也許他真的是個好人。我們小心謹慎的行事並不會影響他是什麼樣的人。」

「這是事實。好吧，我們就告訴他水底洞穴的故事。至少是現在……我可以晚點再和他討論陽光的事。我也想在白天的時候跟他提，這樣我才可以馬上證實我的說法。更何況如果他早就知道這一件事，卻有個好理由讓他選擇不告訴我們，我也該等到和他獨處時再談。在黎明時抓住他，當他辦完事回來的時候……」

我注意到這次迪亞哥的獨白裡提到了許多我，而不是我們，這讓我有點難過。但話又說回來，我並不想加入教育萊利的對話裡，我對他並沒有像迪亞哥對他一般的信心。

「忍者在破曉時攻擊！」我說這話是故意要逗他笑。這招有用。在追蹤其他吸血鬼的同時，我們又開始說起玩笑話來了，但是我看得出在戲謔的外表之下，他正在思考一些嚴肅的問題，就和我一樣。

然後我越跑越緊張。因為我們跑得很快，而且我們也不可能走錯路，但是時間拖得太久了。我們遠離了海岸線，在附近的山區上上下下，這會兒來到了新的地域。這和平常的模式不同。

之前我們借用的房子，不管是在深山裡或是小島上，或是在隱密的農場裡，都有著幾項共通點。死掉的屋主，偏遠的地區，還有另一件事，那就是我們一直維持在西雅圖的附近。我們圍繞著這大城市運轉就像是天體運行，西雅圖一直都是中心點，是目標。

現在我們卻脫離了軌道，這很奇怪。也許這沒什麼，也許只是今天發生了太多事。所有我接受與認定的事實完全被推翻，而我也沒有心情再接受另一項挑戰。為什麼萊利不挑點正常的地方？

「他們會到這麼遠的地方來真是奇怪。」迪亞哥低語，我可以聽出他從聲音裡透露出的不安。

「應該說有點嚇人。」我嘀咕。

他捏了捏我的手。「沒關係。忍者俱樂部可以解決任何一件事。」

「你想到我們的祕密手勢了嗎？」

「還在努力當中。」他答應我。

某件事開始讓我感到困擾。這就像是我可以感覺得出有一個盲點在——我知道有一件事我看不到，但是我又說不出是什麼。一件很明顯的事……

然後，大概在比我們平常習慣更遠的西方六十哩處，我們找到了一間房子。要認錯那種噪音很難。碰、碰、碰的低音喇叭聲，電動玩具的配樂，還有咆哮嘶吼。絕對是我們那一群。

我把我的手抽離他的，然後迪亞哥看著我。

「喂，我甚至不認識你耶，」我用開玩笑的語氣說：「我從來沒有跟你交談，因為我們在水裡待了一整天。你是個忍者還是吸血鬼我都搞不清楚。」

他笑開了。「妳也是一樣啦，陌生人。」然後他壓低音量很快地說：「做和妳昨天做的事一樣就好。明天晚上我們再聚在一起。也許做一些偵查工作，搞清楚到底是怎麼回事。」

「這聽起來是個好計畫。可別告訴別人。」

他低下身子親了我——只是輕輕啄了一下，但就在我的唇上。那種震撼傳遍了我的全身。然後他說：「我們走吧。」接著下了山坡朝那喧鬧的噪音來源處頭也不回的走去，已經開始扮演他的角色。

帶著一點吃驚，我隔了點距離跟在他後頭，記得保持著我和其他人都會保持的距離。

房子很大，是棟木屋式的建築，隱藏在松樹林的一角，幾哩之內完全看不出有鄰居的跡象。所有的窗戶都是黑的，屋裡看來是空的，但是整個房屋的結構都因為地下室裡的重低音而開始搖晃。

迪亞哥先進去，而我跟在後面，試著假裝他是凱文或是拉烏爾。帶著遲疑，堅守著我的領域。他找到階梯，自信滿滿的走下去。

「想要把我甩開嗎，你們這群孬種？」他問。

「噢，嗨，迪亞哥還活著。」我遠遠聽到凱文毫無熱情的回應。

「幸好沒託你的福。」在我悄悄潛進黑暗地下室時，迪亞哥說。唯一的光線來自各個不同的電視螢幕，但數量遠遠超過我們所需要的。我趕快往福瑞德占據的沙發前進，高興著情況正適合讓我一臉焦慮，因為我沒辦法掩飾。當一陣噁心感襲向我時，我用力吞嚥，然後還是按照習慣在沙發後方找塊地方窩。一旦我坐下來了，福瑞德的嚇阻能力似乎減緩了一些，也許是我已經習慣了。

整個地下室有一半以上空空蕩蕩的，因為現在是晚上了。所有留下來的孩子都和我有著相同的眼睛——明亮的血紅色，最近才獵食過的證明。

「花了我好一會兒才清理完你所幹的蠢事，」迪亞哥告訴凱文。「一直到天快亮了，我才回到原來房屋的廢墟。只得坐在淹滿水的洞窟一整天。」

「去跟萊利告狀。隨便你。」

「看來那小女孩也逃過一劫。」另一個新聲音說，而我不禁打了個寒顫，因為那是屬於拉烏爾的聲音。他不知道我名字這件事讓我感到一絲寬慰，但是他注意到我已經夠我驚嚇的了。

「是啊，她跟在我後頭。」我看不到迪亞哥，但我知道他在聳肩。

「這下你可不是個救人英雄了嗎？」拉烏爾嘲諷的說。

「當個笨蛋可沒啥好處。」

我希望迪亞哥別挑釁拉烏爾，我希望萊利趕快回來。只有萊利才有辦法壓制住拉烏爾，即使只有一點點。

但是萊利大概又在外頭尋找蹺家少年，好帶去給那女人。或者是做他外出時都在做的事。

「你的態度可真有趣，迪亞哥。你以為萊利喜歡你的程度到了他會在乎我是否殺了你？我想你錯了。但是無論如何，至少在今晚，他早以為你死了。」

我可以聽見其他人移動的聲音，有一些人大概是要支援拉烏爾，其他人則是趕快閃邊。我在我的藏身處等待，我知道自己不會讓迪亞哥一人對抗他們，但是又擔心貿然行事會洩漏我們是同夥的事實。我希望迪亞哥活了這麼久是因為他有某種瘋狂的戰鬥技能，在這方面我能幫的忙不多。在這裡有三名拉烏爾的同夥，有些人可能會為了巴結他而幫他。萊利會趕在他們放火燒了我們之前回來嗎？

迪亞哥在回應時的聲音很平靜。「你就這麼害怕和我單打獨鬥？沒種。」

拉烏爾嗤鼻。「這一招真的有用嗎？除了演電影之外？為什麼我要和你單挑？我才不想痛扁你。我只想要你死。」

我調整姿勢改為蹲伏，準備好進攻。

拉烏爾繼續講話，他很喜歡自己的聲音。

「但是要解決你不需要動用我們所有人。那邊的兩個會解決你不幸生還的證據，那個不知道叫什麼的小女孩。」

我的身體傳過一陣惡寒，動彈不得。我想要擺脫這感覺所以我才能作戰，雖然最後可能還是徒勞無功。

然後我感覺到別的，一個完全在預期之外的——一陣噁心之感像浪潮襲來，力量之強大讓我無法維持蹲伏的姿勢。我蜷縮在地上，因為驚恐而喘息。

我不是唯一有反應的人。我聽到嫌惡的嘶吼和嘔吐的聲音從地下室的每一個角落傳來。有幾個人退縮至房間的邊緣，而我看得到他們。他們貼著牆壁站著，用力將頭轉開，好像這麼做就能逃離那恐怖的感覺。其中至少有一個人是拉烏爾的爪牙。

我聽到拉烏爾容易辨認的咆哮，然後聽到聲音隨著他飛奔上樓時漸漸變小。他不是唯一逃跑的人，大概一半以上的吸血鬼都逃離了地下室。

我沒有選擇。我幾乎動彈不得。然後我瞭解到這一定是因為我離怪咖福瑞德太近了，是他讓這一切發生的。雖然我感到無比恐懼，我還是想到他大概救了我一命。

為什麼？

噁心的感覺漸漸消退。一旦我能動了，我慢慢移動到沙發的邊緣探視後果。所有拉烏爾的人都不見了，但是迪亞哥還在大房間另一端電視機的旁邊。剩下來的吸血鬼開始慢慢的恢復，但所有人看起來還是有點驚魂未定。大部分的人都朝著福瑞德投以警戒的眼光。我也冒險看向他的後腦勺，但我沒看出什麼所以然，我馬上移開視線，看著福瑞德又勾起了一點反胃之感。

「別給我鬧事。」

那低沉的聲音來自福瑞德。我從來沒有聽過他說話，大家都直盯著他看，直到噁心反胃之感又襲來時馬上別過頭。

原來福瑞德只是喜歡保有他的舒適與安靜。這也不壞，我因此而保住一條小命。拉烏爾應該會在黎明前又被其他的事給惹毛，進而將他的憤怒發洩在附近的人身上。而萊利總是在夜晚將盡的時候回來，他會知道迪亞哥藏身在他的洞穴裡，而不是在外頭被太陽摧毀了，這樣拉烏爾就沒有藉口攻擊他或是我了。

至少，這是最樂觀的假設。但在同時，也許迪亞哥和我最好想出一點辦法來避開拉烏爾。

再一次的，我瞬間又有了一種我遺漏一個最明顯的解決辦法的感覺，但在我想出答案之前，我的思緒就被打斷了。

「抱歉。」

這個低沉，近乎沉默的低喃只可能來自於福瑞德。而看來只有我夠接近才聽得到。他是在跟我講話嗎？

我再度看向他，但什麼也沒感覺到。我看不見他的臉——他還是背對著我。他有著一頭濃密帶著波浪的金髮。在我花了那麼多時間坐在他的陰影處之後，我卻從來沒有注意過。萊利知道福瑞德的力量是這麼的……強大嗎？他可以在一瞬間就影響了一整個房間的人。

雖然我看不到他的表情，但我感覺得出他在等我回應。

「呃，不必道歉，」我悄聲說出，「謝謝你。」

福瑞德聳聳肩。

然後突然間我又沒辦法盯著他看了。

時間在我等待拉烏爾回來的時候似乎過得更緩慢。我有時會試著再看向福瑞德——試著看穿他為自己製造出的防護——但我總是會感到噁心嫌惡。如果硬是盯著看太久，到最後我會開始作嘔。

想著福瑞德是將思緒遠離迪亞哥的好辦法，我試著假裝我不在乎他在房間的哪個角落。我沒有去看他，但是將注意力放在他的呼吸上——他獨特的節拍——來追蹤記錄。他坐在房間的另一端，用筆電聽著他的ＣＤ，或者是假裝在聽，就像是有時候我會假裝看著我肩上潮濕背包裡裝的書。我用正常的速度翻閱著書籍，但並沒有真的看進去。我在等拉烏爾。

很幸運的，是萊利先回來了。拉烏爾和他那批同夥緊跟在後，但不像平常大聲且討人厭。也許福瑞德好好的給了他們一頓教訓。

也許正好相反，情況比較像是福瑞德惹毛了他們。我真心希望福瑞德睡著時能保持警戒。

萊利馬上來到迪亞哥身旁；我背對著他們，目光放在我的書上傾聽。從我的眼角看出去，我看到拉烏爾的那群白痴有幾個晃來晃去在找電玩光碟，不然就是繼續他們被福瑞德趕出去以前在做的事。凱文也在其中，但是他在找的似乎不是槳子而是別的。有好幾次他都試著看清楚我坐的位置，但是福瑞德的氣場將他屏除在外。幾分鐘後他就放棄了，看起來快吐了。

「我聽說你死裡逃生，」萊利說，聽起來是真的很高興。「我就知道我可以信任你，迪亞哥。」

「沒問題，」迪亞哥用輕鬆的語氣說：「除非你認為整天都閉著氣是個缺點。」

萊利大笑。「下次別把時間拖得太近，給其他小孩一個好榜樣。」

迪亞哥只是跟著他大笑。我從眼角看到凱文似乎放輕鬆了一點，他真的是在擔心迪亞哥會告狀而讓他惹上麻煩嗎？也許萊利比我想像的更聽迪亞哥的話。我不禁猜想這是否就是稍早前凱文抓狂的原因。

迪亞哥和萊利這麼親近是件好事嗎？也許萊利沒問題。他們之間的關係不會影響我們的，不是嗎？

時間在太陽升起後就過得緩慢。在地下室裡又擠又不安穩，就和平常一樣。

如果吸血鬼的喉嚨會沙啞，那麼萊利一定會在那樣大吼之後沒了聲音。有幾個小鬼暫時沒了大腿，但是還沒有人被燒死。音樂和電玩的聲音混在一起比大聲，而我很慶幸我不會頭痛。我試著看我的書，但最後我只能隨便一本翻過另一本，沒有特意把字讀進去。我把書籍排好留在沙發旁給福瑞德。我總是會把我的書留給他，但我不知道他有沒有拿來看。我沒有辦法靠近他去看清楚他到底都是怎麼打發時間的。

至少拉烏爾一次也沒看向我，凱文或其他的人也沒有，我的藏身處是前所未有的穩固。我看不出迪亞哥是否腦袋夠清楚而選擇忽視我，因為我完完全全忽視他。沒有人會懷疑我們是一夥的，除了福瑞德之外。剛才福瑞德注意到我已經準備好要和迪亞哥並肩作戰了嗎？就算他有，我並不太擔心這件事。如果福瑞德存心要對我不利，他大可在昨晚就讓我死了。輕而易舉。

太陽正要下山之時，聲音越來越大了。在地下室我們看不見天色變得昏暗，樓上所有窗戶都蓋住了以防萬一。但是長久以來的等待讓你本能地知道終止時刻的來臨。小鬼們開始焦躁不安，開始煩萊利，問著他們是否可以出去。

「克絲蒂，妳昨晚出去過了。」萊利說，你可以聽見他的聲音開始不耐煩。「海瑟、吉姆、羅根——你們去吧。華倫，你的眼睛是黑色的了，跟著他們去。喂，莎拉，我眼睛可沒瞎——給我滾回來。」

被他擋下的小鬼們走到角落去生悶氣，一些人等待著萊利離開，好讓他們可以打破規定溜出去。

「嗯，福瑞德，這次也應該輪到你了。」萊利說，並沒有看向我們。我聽見福瑞德嘆了口氣站起身來。每一個人在他經過房間時都畏縮了，甚至連萊利也是。但和其他人不同的是，萊利對著自己笑了。他喜歡有能力的吸血鬼。

福瑞德一離開，我頓時感到像是裸著身體一般。現在每個人都看得見我了。我保持靜止不動，頭壓低，極力避免引人注意。

算我好運，萊利今晚趕著出門。他幾乎沒有停下來瞪視那些一直朝著大門蠢蠢欲動的人，更別說是威脅他們，只顧著自己離開。通常他都會給我們一些不同版本關於低調行事的訓話，但是今晚他沒有。他看起來有點分神、焦慮不安，我敢打賭他一定是要去見那女人，這讓我一點也不熱衷於在黎明時跟他談話。

我等到克絲蒂和她的三個夥伴準備外出時偷偷跟在後頭，在不惹毛她們的情況下，假裝和她們是一夥的。我沒看向拉烏爾，也沒看向迪亞哥。我專注於讓自己看起來不起眼——不引人注意，只是個稀鬆平常的吸血鬼女孩。

等我們一離開房子，我就馬上脫離克絲蒂轉而跑進林子裡。我只希望迪亞哥會注意並且追蹤我的氣味。爬到最近一座山的半山腰時，我選擇在一棵高出鄰近樹木數公尺之多的大樹上棲息，在這我可以很清楚的監看是否有人在追蹤我。

事實證明我小心過度，事實上我一整天都太過緊張了。我大老遠就看見他，並走回頭和他碰面。

「真漫長的一天，」他說，並給了我一個擁抱。「妳的計畫真難執行。」

我回抱他，不敢相信這感覺竟是這麼舒服。「也許只是我神經緊張。」

「拉烏爾的事真抱歉。真的好險。」

我點頭。「幸好福瑞德夠噁心。」

「我在猜萊利是否知道那小鬼的力量有多強。」

「我很懷疑。我從來沒有看過他做到這個地步，而我常常待在他身邊。」

「反正那是怪咖福瑞德自己的事。我們有我們自己的祕密要告訴萊利。」

我打了個寒顫。「我還是不認為這是個好主意。」

「在看到萊利的反應之前，我們永遠不知道這一點。」

「我就是不喜歡一無所知的感覺。」

迪亞哥的眼睛懷疑地瞇起。「那妳對冒險的感覺如何？」

「要看情形。」

「我正在思考俱樂部的首要任務。妳知道的，關於我們要盡可能收集情報的事。」

「所以……？」

「我認為我們應該跟蹤萊利。看他在幹什麼。」

我瞪著他。「但是他會知道我們跟蹤他，他會聞到我們的氣味。」

「我知道，所以我想出一個辦法。我追蹤他的氣味，妳遠遠的待在後頭等我出聲再跟上。這樣萊利只會知道我跟蹤他，我則可以告訴他我有重要的事想跟他談。到時候我就秀給他看舞廳球的特效，然後看他怎麼說。」他的眼睛瞇成一條縫審視著我。「至於妳……妳還是先保持隱祕低調，好嗎？如果他沒問題我再告訴妳。」

「但是如果他提早回來怎麼辦？你不是想要在黎明的時候再跟他談，這樣你才能發光？」

「沒錯……這樣的確會是個問題，也會影響談話的結果。但我想我們還是必須冒一點險。他今天看起來很急，不是嗎？也許他需要一整晚的時間去辦他的事？」

「有可能，或者他只是急著要去見那女人。我想如果她也在附近的話，我們最好還是別給他驚喜了。」我們同時畏縮了一下。

「有道理。但是……」他皺眉。「妳不覺得不管是什麼事情，它就快要發生了嗎？也許我們並沒有時間找出答案？」

我不高興的點點頭。「是呀，沒錯。」

「所以我們只好冒險了。萊利信任我，我也有個好理由要跟他談一談。」

我想了想這個策略。雖然我只認識他一天，就這麼一天，我還是感覺得出這種程度的焦慮和平常的迪亞哥不同。

「你這個精心策劃的計畫……」我說。

「怎樣？」他問。

「聽起來像是個單人計畫，並不太像是個俱樂部的冒險，至少關於危險的那部分不像。」

他做了個表情讓我知道我逮到他了。

「這是我的主意。是我……」他遲疑著，思索著下一個用字。「……信任萊利。萬一我錯了，我才該是那個冒險面對他發飆的人。」

雖然我很膽小，但是這我一點都不能接受。「俱樂部才不是這麼回事。」

他點頭，他的表情很難猜。「好吧，我們邊走邊想該怎麼做。」

我不認為他是真的這麼想。

「保持在樹上，從上頭跟著我，好嗎？」他說。

「好吧。」

他回頭朝著木屋前進，動作迅速。我在樹梢間跟隨著他，大部分的樹木間隔很相近，我甚至不需要跳躍就能攀上另外一棵。我盡量避免做大動作，希望我的重量所引起的騷動看起來像是風吹的。今天晚上吹著微風，這幫了我許多。以夏天來說天氣很涼，但這並不會影響我。

迪亞哥在房屋外面輕易的就找到萊利的氣味，隨後快速追上，而我則跟在後頭隔著好幾碼的距離，並保持在北方好幾百碼的方位，高出他所在地的海拔。當樹林太密的時候，他會不時的摩擦樹幹發出聲響，好讓我追得上他。

我們不斷前進，他在地上奔馳的同時，我卻在模仿飛鼠，大約過了十五分鐘以後，我看見他速度放慢。我們一定是接近了。我朝樹木更高處的枝椏移動，找尋一棵視野良好的樹。我挑中一棵籠罩著周圍的樹，開始環顧四周。

在不到半哩之處的樹林開了一個大洞，一塊空曠的草原占地好幾畝。在空地的中央附近，靠近樹林的東邊，有一棟看起來像是超大薑餅屋的房子。用桃紅色、綠色和白色漆成的外觀，它誇張到可笑的地步，每一個你所能想像的地方都布滿了華麗的裝飾和雕花。如果我是在其他較輕鬆的時刻看到這棟房子，我一定會大笑出聲。

到處都沒有看到萊利，但是迪亞哥卻完全停了下來，因此我推測我們的追蹤到此為止。也許這棟房子是萬一大木屋倒下來，萊利準備用來替換的。只除了它比我們所待過的任何一棟房子都來得小，而且看起來也不像有地下室。更何況這個比上一個離西雅圖更遠。

迪亞哥抬頭看我，我比了手勢要他加入我，他點點頭並回頭走了一小段路。然後他做了一個超大的跳躍——我懷疑自己能跳得那麼高，就算我比較年輕也比較強壯——抓住了最近一棵樹上中段的樹枝。除非有人超級有警覺心，不然沒有人會注意到迪亞哥走了段小岔路。儘管如此，他還是在樹梢間亂跳了好一會，確保他的蹤跡沒有直接引導向我。

當他終於決定夠安全到我身邊了，他馬上牽起我的手。不發一語的，我頭撇向那棟薑餅屋。他的嘴角顫動了一下。

我們同時朝著東邊的那棟房子移動，一直待在樹的頂端。我們盡可能的靠近——只留下幾棵樹的距離好隱藏住我們——然後安靜的坐著，聆聽。

微風很合作的轉為輕柔，而我們可以聽到一些聲響。一些奇怪的摩擦、敲擊的聲音。一開始我沒有認出我聽到的是什麼聲音，但是迪亞哥又歪嘴笑了一下，嘟起他的嘴脣，朝我的方向對空氣無聲的親了一下。

吸血鬼親吻的聲音和人類的很不同。那並不是柔軟的、肥厚又濕潤的細胞組織推擠在一起，就只是堅硬如石的雙脣，沒別的了。我曾聽過吸血鬼親吻的聲音——就是昨晚迪亞哥碰觸我的嘴脣的時候——但是我沒有馬上做出聯想。這和我預期的差了太多。

這一項認知讓我的腦袋開始天旋地轉。我以為萊利來見她，不是要接受命令就是要帶新成員給她之類的，我不知道。但是我從來沒想過會撞見這個活像是……愛巢的東西。萊利怎麼能親她？我打了個寒顫又看了迪亞哥一眼，他看起來也有點受到驚嚇，但是他聳聳肩。

我回想喪失人性的最後一晚，在記起那印象鮮明的焚燒時，不禁畏縮了一下。我試著看穿那一團迷霧，回憶起在那一刻前的片段……一開始是當萊利在黑暗的房屋前停車時那漸生的恐懼感，我在明亮的漢堡店裡所感受到的安全感全部消失不見。我開始拖延，想辦法逃走，然後是他如鋼鐵般的手緊抓住我，把我扯下車，就像我是個無重量的娃娃般。在他一跳就越過十碼的距離抵達門口時，充滿了驚恐與不可置信。在他強拉我進入黑暗的屋裡而弄斷我的手時，充滿了驚恐與痛楚，沒有時間想這麼多不可置信。然後就是那聲音。

如果我集中精神回想，我就能再度聽見它。高而宛如唱歌般的嗓音，像個小女孩的，卻充滿著憤慨，像個孩子在鬧脾氣。

我記得她說的話：「你帶這個來幹什麼？她太小了。」或是和這很類似的，我想。用字遣詞也許不完全一樣，但意思差不多。

我很確定萊利回答的聲音聽起來像是急著要討好她，怕她失望。「但至少多了一個身體，就多了一個分散注意的力量。」

我想當時我應該呻吟了出來，他搖晃我讓我痛苦，但是他沒再對我說過話。就好像我是一隻狗般，而不是人。

「今晚整個都浪費掉了，」那個小孩般的聲音抱怨。「我把他們都殺光了。呃！」

我還記得那時房子晃動了好一會兒，好像是被車子撞上一般。現在我知道她大概是因為懊惱而踢了什麼東西一腳。

「好吧。我猜小歸小，但總比什麼都沒有來得好，如果你只能找到這種的。而且我很飽了，我大概可以停住。」

萊利堅硬的手指消失，留我獨自一人和那聲音在一起。當時我驚嚇過度，一點聲音也發不出來。我只是閉上眼睛，雖然在黑暗之中我什麼也看不到。當有東西刺進我的喉嚨時，我沒有尖叫，灼熱的感覺像是一把刀抹了硫酸。

我趕緊從這一段記憶抽身，試著將接下來的從我腦海中除去，改而專注在那一段簡短的對話上。她聽起來一點也不像是在和她的情人或甚至是朋友說話。比較像是和她的員工說話，一個她不是很喜歡還打算隨時要開除的員工。

但是奇怪的吸血鬼親吻聲持續不斷。有人因滿足而歎息。

我對迪亞哥皺了皺眉，這一項發現並沒有告訴我們什麼。我們還得在這裡待多久？

他只是把頭偏向另一邊，專注的聽。

過了幾分鐘的耐心等待，那些細小、浪漫的聲音突然中斷了。

「多少個？」

因為距離而讓那聲音有點模糊不清，但還是可以聽得出來，而且很好辨認。高音，幾乎像是顫音，像個被寵壞的年輕女孩。

「二十二。」萊利回答，語氣充滿驕傲。

迪亞哥和我交換了一個銳利的眼神。我們總共有二十二個，至少在最後一次數的時候是。他們一定是在談論我們。

「我以為我又輸給太陽兩個，但是我的孩子之中一個年紀較大的比較……服從命令。」萊利繼續說道。他的聲音在形容迪亞哥為他的**孩子**之一時幾乎帶著一絲關愛的意味。「他自己有一個地下藏身處——用來避開那些年輕的。」

「你確定嗎？」

這一回有著好長的停頓，而且沒有任何浪漫的聲音。即使在這個距離，我想我也感受得出一絲緊繃氣氛。

「是的。他是個好孩子，我可以確定。」

又是一陣延長的停頓。我不懂她的問題。她說的「你確定嗎？」到底是什麼意思？她以為他是從別人那裡聽來的故事，而不是親自見到迪亞哥嗎？

「二十二個很好。」她沉思著說，然後緊繃感似乎消失了。「他們的行為發展怎樣了？有一些已經快一歲了，他們還是遵照著平常的模式嗎？」

「是的，」萊利說：「妳教我做的一切都進行得天衣無縫。他們不會思考——只是做平常做的事。我一直都可以用飢渴來轉移他們的注意力，讓他們在掌控之中。」

我對著迪亞哥皺起眉，萊利不想要讓我們有思考的空間，為什麼？

「你做得很好，」我們的創造者輕柔的說，然後又有更多的親吻。「二十二！」

「是時候了嗎？」萊利急切的問。

她的回應來得太快，像是摑了一掌。「不！我還沒決定時間。」

「我不懂。」

「你不需要懂，你只要知道我們的敵人力量強大，我們隨時都得小心謹慎。」她的聲音軟化下來，再度充滿甜蜜。「但是二十二個全活下來了，縱使他們再有能力……要怎樣對抗二十二個？」她發出一串如銀鈴般的笑聲。

迪亞哥和我從頭到尾都沒有將視線移開對方，而我看得出來他的思緒和我的是一樣的。沒錯，我們被創造出來是有目的的，就像我們推測的一樣。我們有敵人，或者說，我們的創造者有敵人。這其中有差別嗎？

「做決定，下決定，」她喃喃的說：「時候還沒到。也許再多幾個，以防萬一。」

「但是增加人數很可能反而損失我們現有的數量。」萊利遲疑地提醒她，好像小心翼翼不想惹她生氣。「每次一有一群人加入，情況就會變得很不穩定。」

「你說得對。」她同意，而我想像萊利因為她沒生氣而鬆了一口氣。

突然間迪亞哥別過頭，盯著草原的對面看。我沒有聽到任何從屋子裡傳來的動靜，但也許是她出來了。在我快速轉頭的同時，我身體的其他部分也變成了一座雕像，我知道是什麼讓迪亞哥嚇到了。

四道身影正穿過空曠的草地抵達房子。他們從平原的西邊穿入，那正是離我們隱身處最遠的角落。他們都身穿黑色的斗篷，戴著寬大的兜帽，所以一開始我還以為他們是人類。詭異的人類，但終究還是人，因為沒有一個我認識的吸血鬼會穿著樣式相同的哥德式服裝，也沒見過誰以那種平滑冷靜又……優雅的方式移動。但我馬上意識到我也從沒見過人類以同樣方式移動，更不用說，沒有人能安靜的移動而不發出聲響。黑色的斗篷以絕對靜音滑行穿越草地，所以如果他們不是吸血鬼，那一定是其他超自然的生物，也許是鬼魂。但如果他們是吸血鬼，那他們一定是我沒見過的吸血鬼，這代表了他們很可能正是她所說的敵人。如果真是這樣的話，我們應該趕快閃人，因為此刻我們沒有二十幾個吸血鬼助陣。

我幾乎要逃跑了，但我又太怕會引起這些黑衣斗篷人的注意。

我只能看著他們優雅的前進，注意到一些其他細節。無論他們腳下的地勢如何變化，他們還是保持著完美的菱形隊伍，絲毫沒有脫軌的跡象。菱形隊伍中的一人比其他人都來得嬌小許多，身上的斗篷顏色更深。他們看起來並不像是在追蹤——不是追蹤某一個氣味或是路徑。他們知道要去哪裡。也許他們是受到了邀請。

他們直接往房子移動，當他們安靜地走上階梯來到前門時，我才覺得我夠安全，可以呼吸了。至少他們不是衝著我和迪亞哥來的。等到他們一離開視線，我們就可以隨著樹林間吹拂的微風消失，他們根本不會知道我們的存在。

我看向迪亞哥，並朝著我們的來時路偏了一下頭。他瞇起眼睛並舉起一根手指。噢，太好了，他想要留下來。我對他翻了翻白眼，雖然我很害怕，但是我意外的發現我還是有能力挖苦人。

我們一起將注意力放回那房子。穿斗篷的東西輕巧無聲的逕自進了屋內，但是我意識到不管是她還是萊利，自我們看到這些訪客起便停止交談。他們一定是聽到什麼，或是以某種方式得知他們深陷危險。

「別忙了，」一個乾淨、單調的聲音懶懶的說。它雖然和我們創造者的高音不同，但聽起來還是很像小女孩。「我想妳知道我們是誰，所以妳也一定知道想要突襲我們是沒用的，或是躲、或是反抗、或是跑。」

一個低沉不屬於萊利的男性笑聲在房屋裡充滿威脅性的迴盪著。

「放輕鬆。」第一個毫無感情的聲音下令——是那穿斗篷的女孩。她聲音裡有一個特殊的音調讓我確定她是吸血鬼，而不是鬼魂，或是其他形式的惡夢。「我們不是來消滅妳的。還沒。」

隨之而來的是好長一段時間的寂靜，然後開始有了一些幾乎細不可聞的動作聲，移動位置的聲音。

「如果你們不是來殺我們的，那麼……是要幹麼？」我們的創造者問，聲音既緊張又高昂。

「我們想瞭解妳的意圖為何，特別是這些意圖是否……與某一當地家族有關。」穿斗篷的女孩解釋。「我們猜測妳在這裡製造出的混亂是否和他們有關，非法製造。」

迪亞哥和我在同一時間皺起眉頭。這一切都沒有道理，但最後一部分最離譜。有什麼對吸血鬼而言是非法的？什麼樣的警察、什麼樣的法官、什麼樣的監獄有能力制裁我們？

「沒錯，」我們的創造者嘶聲說：「我的計畫全和他們有關。但是我們還不能行動，風險太大。」到尾端她的聲音潛伏了一絲任性的意味。

「相信我，我們比妳清楚風險何在。妳能躲避雷達的探測，姑且這麼形容，這麼久的時間實在驚人。告訴我，」——些微的感興趣之情加入了單聲調之中——「妳怎麼辦到的？」

我們的創造者遲疑了一會兒，然後突然之間飛快的說話，就好像被無聲脅迫了般。「我還沒做出決定，」她吐實，然後她又更緩慢、更不情願的說明：「發動攻擊。我從來沒有決定要對他們做什麼。」

「粗糙，但有效果，」穿斗篷的女孩說：「很不幸地，妳拖延的時間到了。妳必須決定——立刻決定——妳要拿妳的小軍隊來做什麼。」我和迪亞哥都因為那個字眼而瞪大了眼睛。「不然，我們必須依法制裁你們。像這樣的緩刑，不管時間多短，都讓我困擾。這不是我們的作風。所以我建議妳最好是給我們任何可能的保證……馬上。」

「我們會馬上行動！」萊利緊張的提議，隨之而來的是一聲銳利的嘶鳴。

「我們會盡可能快速行動，」我們的創造者生氣的糾正。「還有很多事要準備。我推斷你們希望我們成功？那麼我就必須要有一點時間訓練他們——指導他們——讓他們獵食！」

一陣短暫的停頓。

「再五天。到時候我們就會回來。別認為有任何一顆石頭可以供妳躲藏，或是妳跑得夠快可以躲過我們。如果妳在我們回來的時候還沒發動攻擊，你們都會被燒死。」這一番話說來沒有一絲威脅的意味，反而像是在陳述事實。

「那如果我發動了攻擊呢？」我們的創造者問，聲音顫抖。

「到時再看情況，」穿斗篷的女孩以前所未有的輕快聲音回答。「我想這要看妳做得有多成功。努力取悅我們吧。」最後一句命令是以一種平板堅硬的語調說出，讓我的體內有一股寒氣直竄。

「是的。」我們的創造者怒吼。

「是的。」萊利虛弱的回應。

不一會兒穿斗篷的吸血鬼們便吵雜的離開房子。不管是迪亞哥還是我，在他們消失不見後的五分鐘之後都還不敢呼吸。在房子裡面，我們的創造者和萊利也同樣沉默。又過了十分鐘還是沒有人有動靜。

我輕觸了迪亞哥的手臂。這是我們離開這裡的好機會。在這個時候，我已經不怕萊利了。我只想離那些穿黑色斗篷的越遠越好。我想要趕快回到木屋，回到等待著的大軍所提供的安全感裡，而我想我們的創造者也有同樣的想法。這就是她創造我們的原因，這世上有比我想像的更恐怖的東西存在。

迪亞哥遲疑了一下，還是在監聽，不一會兒他的耐心有了回報。

「好吧，」她在房子裡輕聲細語，「現在他們知道了。」

她是指穿斗篷的還是那個神祕的家族？哪一個才是在這戲劇化的發展前她所說的敵人？

「這不重要。我們人數多過──」

「任何一種警訊都很重要！」她咆哮，打斷他的話。「有這麼多事要準備。只有五天！」她呻吟。「不能再胡混下去了。你今天晚上就得開始。」

「我不會讓妳失望！」萊利承諾。

要命。迪亞哥和我同時動作，從我們棲息的樹上跳上另一棵，往來時路回頭飛馳。萊利正在趕時間，如果他在和黑斗篷間的插曲之後找到迪亞哥的蹤跡，迪亞哥卻不在盡頭……

「我得趕快回去等著，」迪亞哥在我們奔馳時對著我輕聲的說：「幸好那一條路不在房屋的視野之內！不想讓他知道我聽到了談話。」

「我們應該一起跟他談。」

「已經太遲了。他會注意到妳的氣味並不在路線內，這看起來很可疑。」

「迪亞哥……」他早已設計好讓我只能待在一旁。

我們回到當初他加入我的地方，他很快的輕聲低語。

「維持原本計畫，布莉。我會告訴他原本我想說的，雖然時間還不到天亮，但也沒辦法了。如果他不相信我……」迪亞哥聳肩。「他有比我過分豐富想像力更大條的事要煩惱。也許他會更聽我的——看來我們需要所有的幫助，而能在白天行動是件好事。」

「迪亞哥……」我又重複一遍，不知道該說些什麼。

他直視著我的眼，我等著他的嘴角又彎成那固有的輕鬆笑容，或是他又開始說那些關於忍者或是麻吉的玩笑話。

但他沒有。取而代之的是，他緩慢的靠近我，沒有一刻將目光移開我的，然後吻了我。他平滑的雙唇在我們互相凝視時貼緊了我的好一會兒。

然後他抽身嘆了一口氣。「回家，躲在福瑞德後面，假裝什麼都不知道。我馬上就回去。」

「小心一點。」

我抓住他的手並用力握緊，然後放開。萊利提到迪亞哥時充滿感情，我只能期望那份喜愛是真的。沒有別的選擇了。

迪亞哥消失在樹林裡，像微風吹拂般地安靜。我沒有花時間尋找他，我穿梭在樹枝間筆直的往木屋的方向前進。我希望我的眼睛因為昨晚的大餐而顯得夠亮，這才能解釋我的缺席。只是個快速打獵，運氣很好——找到單身的登山者。沒什麼好奇怪的。

迎接我回家的是音樂的節奏，伴隨著一股無法錯認，吸血鬼燃燒時的甜膩煙燻氣味。我的驚恐指數狂飆，在屋裡我仍然會輕易的死亡，就和在屋外一樣。但是沒有其他的辦法了。我沒有停頓，直接衝下階梯到我幾乎看不見福瑞德站著的角落。他想找事做嗎？坐太久厭煩了？我不知道他想幹什麼，我也不在乎。我會緊跟著他，一直到萊利和迪亞哥回來。

在地板的中央有一堆正在悶燒的物體，體積太大不可能只有一隻腳或一隻手臂。萊利的二十二泡湯了。

似乎沒有人對冒著煙的殘骸有所顧慮。這情況很稀鬆平常。

在我趕到福瑞德附近時，頭一次那種噁心的感覺沒有增強，反而是消逝了。他似乎沒有注意到我，只顧著看手裡拿著的書。是我在幾天前留給他的其中之一。現在我離他靠著沙發椅背站著的距離很近了，要看清楚他在幹什麼並不困難。我遲疑了，猜想著這是為什麼。他可以隨時關掉那種令人噁心的東西嗎？這是否意味著我們現在沒有保護了？至少拉烏爾還沒回來，感謝老天，但是凱文在。

這是有史以來第一次我看清楚福瑞德的長相。他很高，大約六呎二吋，有著我之前注意過的濃密鬈曲金髮。他的肩膀很寬很有男子氣概。他的年紀看起來比其他人都還要大——像是大學生，而不是高中生。還有——不知為何這是讓我最驚訝的一點——他長得很好看。就像其他人一樣帥，甚至可能更帥。我不知道這為什麼讓我這麼震驚。我猜也許是因為我一直都把他和噁心感聯想在一起。

一直盯著他看我覺得很奇怪。我很快的環顧房間四周，想知道有沒有人注意到福瑞德現在很正常——還有很漂亮——此時此刻。沒有人看向我們的方向。我又很快地偷看了凱文一眼，已準備好在他發現時趕快移開視線，但是他的視線集中在我們所在地偏左方的一點上。他微微的皺著眉，在我來得及移開視線之前，他的目光又往我的右邊移動，然後停止。他的眉皺得更深了，就好像……他在找我卻看不見。

我感覺到我的嘴角咧開成一個稱不上是露齒笑的弧度。我應該擔心的事情太多了，不能完全享受凱文的盲目。我看向福瑞德，猜想著噁心感會不會回來，卻只看見他對著我微笑。微笑，他真的是太神奇了。

然後那片刻時間消逝了，福瑞德注意力又重新回到書本上。我保持不動好一陣子，等待事情發生。等著迪亞哥走進來，或者是萊利和迪亞哥一起，或者是拉烏爾。還是等著噁心反胃感又開始，或是凱文朝我的方向怒視，或者是又有人開始打架。任何事情。

當什麼都沒發生的時候，我只好振作精神做我該做的事——假裝什麼事都沒有發生。我隨手抓了一本福瑞德腳邊的書，然後坐下來假裝我在讀。這很可能和我昨天假裝看的是同一本，但是看起來很陌生。我翻過一頁又一頁，又一次地沒將內容看進去。

我的思緒不斷繞著小圈圈打轉。迪亞哥在哪？萊利對他的故事怎麼反應？那些談話內容——穿斗篷的人來之前和之後——到底是什麼意思？

我努力思考，回想一切，試著將片段集結成可以理解的故事。吸血鬼的世界裡有警察，而且他們超可怕的。我們這一群才幾個月大的狂野吸血鬼集團應該是一支軍隊，但這一支軍隊卻是違法的。我們的創造者有敵人，不對，是兩方敵人。在五天之內我們要去攻打其中一方，不然的話，另一方，那些可怕的斗篷人，就會來攻打她——或是我們，也許兩者都是。我們必須為這一場戰鬥進行訓練……等萊利一回來就馬上開始。我偷偷地看向門口，然後又強迫我的眼睛回到面前的書上。還有那些人造訪之前的談話，她在擔心著某些決定，她很高興她擁有了這麼多吸血鬼——這麼多戰士。萊利很高興迪亞哥和我逃過一劫……他說他以為他又因為太陽而失去了兩個，所以這代表了他不知道吸血鬼在陽光下真正的反應。她說的話倒是有一點奇怪，她問他是否「確定」，確定迪亞哥活下來了嗎？還是……確定迪亞哥說的話是真的？

最後這個想法讓我嚇壞了。她是否早就已經知道太陽不能傷害我們？如果她知道，那為什麼她要欺騙萊利，還讓他騙我們？

為什麼她對我們有所隱瞞？對她而言，我們的無知很重要嗎？會重要到讓迪亞哥身陷險境嗎？我把自己搞到超級神經緊張，整個人僵住。如果我還能流汗的話，我現在一定全身是汗了。我得重新集中精神才有辦法將書翻到下一頁，低下我的視線。

萊利是被欺騙了，還是他早就知情？當萊利說他以為他又輸給太陽兩個，他指的是真的太陽……還是關於太陽的謊言？

如果是第二個可能性，那麼知道實情便代表著失去。恐懼感占據了我所有的思緒。

我試著要冷靜並且讓一切合理化。沒有了迪亞哥會很痛苦，能有個人談天互動，讓我更容易專心。沒有這些，恐懼會吸附著我思緒的邊緣，和永不消退的渴望糾纏在一起。鮮血的誘惑一直在表面潛伏。即使是現在，最近才獵食過後，我還是可以感受到需求的灼熱。

想著那女人，想著萊利，我告訴自己。我得瞭解為什麼他們要說謊——如果他們說謊——我才能知道他們會怎樣看待知道他們祕密的迪亞哥。

如果他們沒有說謊，如果他們直接告訴我們全部人白天就和夜晚一樣安全，會改變什麼？我想像著如果我們都不必被關在黑暗的地下室一整天，如果我們二十一人——現在也許更少，完全要看出外獵食的隊伍如何相處——都能自由的做著我們想做的事。

我們絕對會想要狩獵，這一點無庸置疑。

如果我們不需要回來，如果我們不需要躲藏……我想很多人就不會太常回來了。當飢渴掌控一切時，你很難去專注在回家一事。但是萊利不斷提醒我們會受到燃燒的威脅，要我們記住曾經歷過的駭人痛楚會再重演，那是唯一能讓我們停下來的理由。為了自保，這個唯一能凌駕渴望的本能。

所以威脅把我們連繫在一起。雖有其他的藏身之處，例如迪亞哥的洞穴，但是誰會去思考這一類的事情？我們有個地方可去，有一個基地，所以我們回去。腦袋清醒可不是年輕吸血鬼的強項，萊利的頭腦就很清醒，迪亞哥的腦袋比我的更清醒。那一群穿斗篷吸血鬼的專注力可怕得嚇人。我顫抖了。所以規定並沒有辦法永久控制我們，等我們老一點，清醒些，他們會怎麼做？我突然想到在這裡沒有人比萊利還老，每一個人都很年輕，現在她需要一大堆我們來應付她的敵人，但是之後呢？

我有個強烈的預感，我並不想留下來等著看那時刻來臨。然後我突然領悟了一件超級明顯的事。這個解決方法在我和迪亞哥追蹤著吸血鬼族群的時候，它就一直在我的潛意識裡若隱若現。

我不需要等到那個時刻來臨，我甚至不需要在這裡多待一個晚上。

在我思考著這個驚人的主意時，我又變成了一座雕像。

如果迪亞哥和我並不知道這一夥人可能前進的方向，我們會找得到他們嗎？也許不會，但這是一群數量龐大的吸血鬼留下清楚的蹤跡。如果是單獨一人的吸血鬼，可以跳上陸地，或是一棵樹而不在水邊留下足跡……只有一個，或是兩個可以在海裡愛游多遠就多遠的吸血鬼……可以在任何地方上岸……加拿大、加州、智利、中國……

你絕對找不到這兩個吸血鬼，他們會不見，像變成煙一般消失。

我們那天晚上根本不需要回來！我們不應該回來！為什麼當時我們沒有想到這一點？

但是……迪亞哥會同意嗎？突然之間我又不是那麼確定了。迪亞哥是否對萊利更忠心？他會認為支持萊利是他的責任嗎？他認識萊利的時間更久——而他只認識我一天。他和萊利比和我還要親近嗎？

我思索著這一切，皺緊眉。

好吧，等我們有一些時間獨處的時候，就能找到解答。如果我們的祕密俱樂部有任何意義，那麼創造者對我們的安排就再也不重要了。我們可以消失，而萊利就只能利用十九名吸血鬼，或者是盡快製造一些新的。不管如何，都不是我們的問題。

我等不及要告訴迪亞哥我的計畫，我的直覺告訴我他也會有相同的想法。希望如此。

突然間，我開始猜想這是不是真正發生在雪莉以及史蒂夫，還有其他消失不見的孩子身上的事。萊利宣稱看到他們的灰燼一事，是否就是另一個讓我們感到害怕，進而依賴他的手段？也許雪莉和史蒂夫自己跑掉了，沒有拉烏爾，沒有敵人或是軍隊威脅著他們的未來。

也許這才是萊利所說的**輸給太陽**的意思。逃亡者。這麼說來，他應該會很高興迪亞哥沒蹺頭，不是嗎？

如果我和迪亞哥逃跑就好了！我們就可以自由了，像雪莉和史蒂夫。沒有規則，不必害怕黎明。

再一次的，我幻想著我們這一幫人放牛吃草沒有宵禁。我可以看見迪亞哥和我像忍者一樣在暗影中穿梭。但我也可以看見拉烏爾、凱文，還有其他人，像發光的舞廳球怪獸在繁忙市中心的街道上，屍體成堆，尖叫聲不斷，直升機盤旋，柔軟又無助的警察帶著他們微不足道的小小子彈，根本無法造成任何傷害，攝影機和相機，大恐慌會在照片在網路上傳遍全球之時快速散播。

吸血鬼不可能成為祕密太久，就算是拉烏爾殺人的速度也比不上新聞傳播的速度。

這其間有一連串的道理在，而我搶在分心之前抓住這個念頭。

第一，人類並不知道吸血鬼的存在。第二，萊利要我們保持低調，不能引起人類的注意而讓他們得知真相。第三，迪亞哥和我都同意吸血鬼一定要遵守規定，不然就會被世人發現我們的存在。第四，他們這麼做一定有原因，而人類警察的小小玩具槍絕對不是促成他們這麼做的契機。是啊，要讓一群吸血鬼擠在地下室裡一整天的原因一定很重要。也許這個理由的重要性足以讓萊利和我們的創造者騙我們，以太陽會讓我們焚燒來恐嚇我們。也許萊利會和迪亞哥解釋這個原因，而既然這事這麼重要，而他又那麼負責任，迪亞哥會答應守住這個祕密，然後他們就會相安無事。一定會這樣。但萬一真正發生在雪莉和史蒂夫身上的其實是，他們發現了發光的皮膚這件事，但是沒有逃跑？如果他們去找了萊利呢？

噢，要命，這下我的邏輯分析裡的下一步全毀了。我所串連起的消失了，而我又開始為迪亞哥感到害怕。

在我緊張不安的同時，我瞭解到我思考事情已經好一陣子了。我可以感覺出黎明的到來，不到一個小時的時間。迪亞哥到哪去了？萊利人呢？

就在這個時候，門打開了，拉烏爾跳下階梯，和他的夥伴一起大聲笑。我蹲低身子，往福瑞德身邊靠近。拉烏爾沒有注意我們，他看著房間中央已被烤焦的吸血鬼，然後笑得更大聲了。他的眼睛透著鮮紅色光芒。

在拉烏爾外出獵食的夜晚，他從來不會提早回來。他會一直獵食到時間用完。

所以黎明一定比我想像中的還接近。

萊利一定是要求迪亞哥證明他的話。只有這個解釋了。他們在等待太陽升起。前提是……萊利並不知道實情，我們的創造者也欺騙了他。會是這樣嗎？我的思緒又糾成一團了。

克絲蒂在一分鐘後和她的三名同夥出現了。她對地上那堆灰燼無動於衷。在另外兩個獵人快速穿過門口時，我很快地數了數人頭。二十個吸血鬼。除了迪亞哥和萊利之外每一個人都回家了。太陽會在任何時刻升起。

地下室樓梯頂端的門因為有人打開而發出聲響。我跳了起來。

萊利進來了。他關上門，走下階梯。

沒有人跟在他後面。

在我能解讀這一切之前，萊利發出了像野獸般的憤怒怒吼。他盯著地上的灰燼，眼睛因憤怒而突出。每一個人都靜靜站著，動彈不得。我們都看過萊利抓狂失控過，但這一次不一樣。

萊利轉身將手指戳進了一個大聲播放著音樂的音響喇叭，把它從牆上扯下來，一把丟過房間的另一端。潔和克絲蒂在它撞上牆炸開來時低頭躲開，一片粉碎的石灰牆塵霧四處瀰漫。萊利用他的腳踩爛音響系統，低沉的重低音終於安靜下來。然後他跳躍至拉烏爾站的地方，一把掐住他的喉嚨。

「我人根本不在這！」拉烏爾大喊，看起來嚇壞了——這我倒沒見過。

萊利發出駭人的怒吼並把拉烏爾丟了出去，就和他丟那個喇叭一樣。潔和克絲蒂又連忙閃躲。拉烏爾的身體在牆上撞出了一個大洞。

萊利抓住凱文的肩膀——然後隨著一聲相似的吼叫——把他的右手扯斷。凱文痛苦得大叫，並試著逃脫萊利的掌控。萊利朝他身側踢了一腳。又是一聲尖銳的嘶吼，萊利把凱文剩下的手臂部分也扯了下來。他把整隻手臂從手肘處折斷成兩半，然後往凱文飽受痛苦的臉上用力丟去——啪、啪、啪，像是鐵槌敲打在岩石上的聲音。

「你們到底有什麼毛病？」萊利對著我們大吼。「為什麼你們都這麼蠢？」他又伸手要抓那個金髮的蜘蛛人小鬼，但那小鬼趕緊跳開。他跳得太靠近福瑞德，這讓他又跌跌撞撞滾回萊利旁邊，大口喘著氣。

「你們到底有誰有長腦嗎？」

萊利又一掌打向一個名叫迪恩的小鬼，讓他撞爛整套影視娛樂設備，然後又抓了另一個女孩——莎拉——把她的左耳和一大把頭髮從頭上扯了下來。她痛苦的哀號。

突然間很明顯的看出，萊利正冒著極大的危險做這些事。拉烏爾已經重新站起，而克絲蒂和潔——通常和他作對——全神戒備站在他的身邊，其他幾個少數的在房間內集結在一起。

我不確定萊利是否意識到他所面臨的危機，還是他的脾氣已經發完了。他深吸一口氣，把莎拉的耳朵和頭髮丟還給她。她從他身邊逃開，舔著被撕掉耳朵的邊緣，沾上毒液好讓它可以長回去。但是頭髮可沒救了；莎拉的頭上會禿一塊。

「聽好了！」萊利說道，安靜但充滿憤怒。「我們所有人的性命，就要看你們是否有把我現在要說的話聽進去，還有動腦！我們都快要死了！如果你們在接下來的短短幾天之內不能表現得像個有腦袋的，每一個人，包括你和我，都會死！」

這和他平常的說教以及管理秩序不同，他絕對抓住了每一個人的注意力。

「是你們應該長大並對自己負責任的時候了。你以為你們能這樣生活是免費的嗎？在西雅圖的鮮血都沒有代價？」

那些集結起來的吸血鬼看來已經不具威脅性，每一個人都瞪大了眼睛，還有一些人交換了幾個困惑的眼神。我從眼角看到福瑞德的頭轉向我，但是我並沒有迎視他的眼神。我的注意力全集中在兩件事情上面：萊利，以防他又開始攻擊，還有那道門。門還是緊閉的。

「你們有在聽嗎？認真的聽？」萊利停頓了一會兒，但是沒人點頭。整個房間像是靜止了般。「讓我解釋一下我們身處的險境。我會盡量為比較笨的人簡單說明。拉烏爾、克絲蒂，過來。」

他指了指兩個最大族群的首領，在此時短暫合作一起對抗他，沒有人朝著他移動。他們挺直了身子蓄勢待發，克絲蒂露出她的牙齒。

我以為萊利會軟化、道歉，會安撫他們然後說服他們做他想做的事，但這是個截然不同的萊利。

「隨便你們，」他火大。「如果我們要繼續生存，就需要領導者，但我看你們兩人都無法勝任。我以為你們有才能，但是我錯了。凱文、潔，請加入我成為團隊的領導。」

凱文驚訝得抬起頭，他才剛把他的手臂裝回去。雖然他的表情有點疑慮，但同時也毫無疑問的露出欣喜之情，他慢慢的站起身。潔看著克絲蒂好似要求許可。拉烏爾咬緊了牙根。

樓梯頂端的門沒有打開。

「你也是無能嗎？」萊利問著，語氣厭煩。

凱文朝著萊利踏出一步，但是拉烏爾搶在他之前，跨越兩大步越過房間的距離，他不發一語的把凱文推開撞上牆壁，然後站在萊利的右邊。

萊利允許自己露出一抹微笑。這操縱的手段雖然太過明顯，卻很實際。

「克絲蒂還是潔，誰要帶領我們？」萊利的語氣帶著一絲興味問道。

潔還是在等待克絲蒂給她暗示，好告訴她該怎麼做。克絲蒂怒視著潔好一會兒，然後將她淺棕色的頭髮從臉上撥開，飛奔至萊利的另外一邊站好。

「花在做決定的時間太長了，」萊利認真的說：「我們沒有時間可以浪費。我們不能再胡混下去了。之前我讓你們為所欲為，但這都到今天晚上為止。」

他環顧房間四周，和每一個人的視線交接，確定我們都在聽。輪到我的時候我只和他對望了一秒，隨即把視線移回地面。我馬上強迫自己再抬頭，但他的瞪視已經轉到下一人。我猜想他是否注意到我的失常，或者是我待在福瑞德身邊時，他看得見我嗎？

「我們有敵人。」萊利宣布。他讓這事實沉澱了一下。我可以看得出來地下室有一些吸血鬼因這個宣告而震驚。以往敵人就是拉烏爾——但如果你是和拉烏爾同一邊的，那麼你的敵人就是克絲蒂。敵人就在這裡，因為我們的世界就在這裡。在這世上還有其他的力量強大到足以威脅我們的這個念頭，對多數人來說還很新，對昨天的我來說也很新。

「你們少數幾個夠聰明的也許就能意識到，既然我們存在，也會有其他的吸血鬼存在。其他活得更久、更聰明……更有能力的吸血鬼，其他想要屬於我們的鮮血的吸血鬼！」

拉烏爾嘶聲，其他幾個他的追隨者為了表示支援也呼應著他。

「沒錯，」萊利說，看起來像是要慫恿他們。「西雅圖曾是他們的地盤，但他們在很早以前就搬走了。現在他們知道我們在這裡，而他們忌妒我們在這裡可以自由吸食一度屬於他們的鮮血。他們知道這裡屬於我們，但是他們想搶回去。他們要來搶奪他們想要的。一個接著一個，他們會把我們消滅殆盡！在他們饗宴時我們會燃燒！」

「我絕對不允許。」克絲蒂咆哮，她的追隨者和一些拉烏爾的也齊聲怒吼。

「我們沒有太多選擇。」萊利告訴我們。「如果我們在這裡等他們來，就會讓他們占上風，畢竟這裡是他們的地盤。更何況他們不會願意和我們正面交鋒，因為我們在人數上超越他們，又比他們強壯。他們會想要個別逮住我們；他們打算利用我們最大的弱點來成為他們的助力。有誰夠聰明知道是什麼弱點嗎？」他指著他腳邊的那一堆灰燼——現在已經在地毯上糊成一團，再也分辨不出之前是個吸血鬼——靜靜等待。

沒有人動。

萊利發出了個煩躁的聲音。「團結！」他大叫。「我們根本沒有！如果我們不能停止殺掉對方，還能構成什麼威脅？」他踢了灰燼一腳，引起一團小小的黑色煙霧。「你們可知道他們現在正在嘲笑我們嗎？他們認為奪回這個城市輕而易舉。我們既虛弱又笨！而我們會雙手奉送上鮮血。」

房間裡一半以上的吸血鬼發出抗議的嘶吼。

「你們能團結合作，還是我們都等死？」

「我們能撂倒他們，老大。」拉烏爾怒吼。

萊利斥責他。「如果你們沒辦法控制自己就不可能！如果你們沒辦法和這房間裡的每一個人合作就不行。每一個你們幹掉的人——」他又用腳踢了踢地上的灰燼——「都很可能是救大家一命的人。每一個你的家族殺掉的人都是送禮物給我們的敵人，你們簡直就是在高喊：『來呀，幹掉我吧！』」

克絲蒂和拉烏爾交換了一個眼神，好像這是他們第一次看到對方，其他人也一樣。家族這個字並非不熟識，但是我們從來沒想過要拿來用在我們這一群人身上。我們是個家族。

「讓我告訴你們一些關於敵人的事。」萊利說，所有的眼睛都鎖定他的臉。「他們是一個比我們更古老的家族。他們在這世上已經有好幾百年了，而他們能活得那麼久絕對是有原因的。他們很狡猾，而且很有技巧，他們對搶回西雅圖很有信心——因為他們聽說他們要對抗的只是一群沒有組織，還會幫他們做一半工作的小鬼！」

更多的怒吼聲傳出來，但是一部分的聽來已經減少了憤怒，反而比較接近警戒。一些比較安靜的吸血鬼，那些萊利稱為比較「溫馴」的，看來非常緊張不安。

萊利也發現了這一點。「他們就是這樣看待我們的，但那是因為他們不認為我們可以團結。團結在一起，我們可以摧毀他們。如果他們能夠看見我們一起並肩作戰，他們一定會嚇壞了。而這正是他們會見到我們的模樣。因為我們不會在這裡等著他們出現，一個個分別解決掉我們。我們要發動突襲。就在四天之後。」

四天之後？我猜我們的創造者不想把期限逼得太緊。我又再次看向緊閉的門。迪亞哥在哪？

其他人對於這個期限大吃一驚，有些人則表現出恐懼。

「這絕對會令他們意想不到，」萊利向我們保證。「我們所有人——團結一起——等著他們。而我把最精采的留到最後。他們只有七個人。」

房間裡頓時陷入一陣不可置信的沉默。

然後拉烏爾說：「什麼？」

克絲蒂用同樣不可置信的眼神盯著萊利看，而我聽見房間四處都傳來喃喃細語。

「七個人？」

「你在開我玩笑嗎？」

「喂！」萊利發火。「我說這個家族很危險不是在開玩笑的。他們很聰明……而且詭計多端，陰險狡詐。我們在力量占了上風；他們則有計謀。如果我們照他們的方法來玩，他們會贏。但如果我們讓他們照我們的方式……」萊利沒把話說完，他只是笑了。

「我們現在就走，」拉烏爾提議，「讓我們趕快剷除他們。」凱文急切的嘶聲回應。

「慢點，豬頭。矇著眼睛跳下去對我們沒有幫助。」萊利斥責。

「告訴我們所有關於他們的事。」克絲蒂鼓勵著，並投給拉烏爾一個高傲的眼神。

萊利遲疑了一會兒，似乎是在考慮該怎麼用字遣詞。「好吧，該從哪裡開始？

我想第一件你們必須知道的事情就是……你所知道關於吸血鬼的事並不等於一切，當初我並不想要嚇壞你們。」當大家困惑地看著彼此時又是一陣沉默。

「你們對於我們所謂的『天賦』都有過一點經驗。我們有福瑞德。」

每一個人都看向福瑞德——或者說試著去看。我可以從萊利表情看出福瑞德真的很不喜歡被拿來做評論。看來福瑞德加強了萊利口中的「天賦」效能，萊利畏縮了一下並趕快移開視線，我則什麼都沒有感覺到。

「沒錯，嗯，有一些吸血鬼所擁有的能力不僅止於超人的強壯與感官。你在我們的……家族裡看過這樣的例子。」他很小心的不再提起福瑞德的名字。「天賦是很稀有的——也許五十人之中才有一人——但是每一個人的能力不同。天賦各有不同的種類，有一些能力會比其他的來得強大。」

我可以聽見大家開始低聲討論他們是否擁有天賦。拉烏爾已經裝得一副他有能力的樣子。就我所知，在這裡唯一有特殊能力的就是站在我旁邊的這一位。

「注意聽！」萊利下令。「告訴你們這一些不是要讓你們拿來當遊戲故事聽的。」

「這個敵人家族，」克絲蒂插話。「他們都有能力，對不對？」

萊利給她一個讚許的點頭。「沒錯。我很高興這裡有人能串連起事實。」

拉烏爾的上脣掀起，露出他的牙。

「這個家族的天賦非常危險。」萊利繼續說，他的聲音壓低變成了輕聲低語。「他們有一人會讀心術。」他審視著我們的臉，想看出我們是否瞭解他揭發這件事的重要性。他似乎對他所觀察到的不太滿意。「用腦，你們這些傢伙！他會知道你腦袋裡的每一個念頭。如果你攻擊，他會在你自己知道以前就看出你的動靜。你往左，他就會等著你。」

每個人在想像這些時，房間瀰漫著一股緊張的停滯氣氛。

「這就是為什麼我們一直這麼小心——我，和你們的創造者。」

克絲蒂在萊利提到那女人時從他身旁躲開，拉烏爾看起來更生氣，大家都緊繃到極點。

「你們不知道她的名字，也不知道她的長相。這是為了保護我們所有人。如果他們碰巧遇見你們其中一人，他們也不會知道你們和她有關聯，而他們可能放你們走。如果他們知道你是她族裡的一分子，他們絕對不會放過你們。」

這在我聽來一點道理也沒有。保密這件事不是保護她比保護我們還多嗎？萊利在我們有時間細想他的話之前又趕快繼續說。

「當然了，這些在他們決定進軍西雅圖時都無所謂了。我們會以我們的方式給他們驚喜，而我們會徹底殲滅他們。」他低聲吹了個單音的口哨。「任務完成。這麼一來不只整個城市都會是我們的，其他的族群也會知道我們不好惹。以後我們就不需要這麼小心翼翼的收拾善後了。每一個人都可以盡情吸血，每一個晚上都獵食。我們會搬到城市裡，我們會統治這城市！」

咆哮和嘶鳴在這時聽起來都像是掌聲，每一個人都聽信了他的話，除了我以外。我沒有動，也沒發出聲音。福瑞德也是，但誰知道是為了什麼？

我不相信萊利是因為他的承諾聽起來像是謊言，要不然我的邏輯推測一定全盤錯誤。萊利說就是因為有這些敵人存在，才會迫使我們小心謹慎的獵食。但這一點和其他吸血鬼一定都是小心謹慎行事，不然人類早就知道他們存在的事實相反。

我沒辦法專心思索這一些事，因為樓梯頂端的門還是沒有動靜。迪亞哥……

「我們得團結一起做這一件事。今天我要教導你們一些技巧，戰鬥技巧。像個學步孩子般拖著腳走路是不行的。等天一黑，我們就到外面練習。我要你們努力練習，但要專心。我不要再失去這家族的任何一個成員！我們需要彼此——每一個人都是。我不會再容忍任何蠢事。如果你以為你可以不用聽我的，那你就大錯特錯了。」他稍微停頓了一秒，臉上的肌肉線條重新調整。「而等我帶你去見她的時候，你就會知道你錯得有多離譜了！」——我和其他人都一樣顫抖著感到恐懼流竄過房間——「而我會在她一一扯下你的雙腿，然後緩緩地、慢慢地燒掉你的手指、耳朵、嘴唇、舌頭，還有其他不必要的器官時抓著你。」

我們都曾至少失掉一隻腿，我們也都在成為吸血鬼時感受到灼燒，所以我們很輕易的就能想像出那種感覺，但可怕的並不是威脅本身。真正可怕的是萊利說話時的表情，他的臉並沒有因為憤怒而扭曲，通常他生氣時就是這個樣子；他的臉冷靜又冰冷，平滑且美麗，他的嘴角彎曲成一道小小的微笑。我突然有種感覺這是一個新的萊利。某件事改變了他，讓他變得更冷血，但我想像不出有什麼事能在一夜之間就製造出那種殘酷、完美的微笑。

我看向別處，打了個寒顫，然後看見拉烏爾的笑容呼應著萊利的。我幾乎可以看穿拉烏爾腦袋裡運作的情形，在未來他不會讓他的受害者太快死去。

「現在，我們要分配一下隊伍，這樣才能以小組進行，」萊利說，他的臉又恢復正常了。「克絲蒂，拉烏爾，把你們的孩子叫過來，再把剩下的平分好。不准鬥毆！讓我看看你們能冷靜的做這件事。證明你們自己。」

他從兩人的身邊走開，忽視這兩人幾乎是馬上就要陷入爭執的事實，在房間的邊緣走了一圈。他在經過幾名吸血鬼時碰觸他們的肩膀，將他們輕推向新的領導者之一。一開始我並沒有看出他正朝著我的方向來，因為他繞了好大一圈。

「布莉。」他說，瞇著眼睛朝我的方向看，看起來似乎得花費一番功夫。

我覺得自己像是凍結成冰，他一定是聞到我的氣味，我死定了。

「布莉？」他說，語氣更溫和了些。他的聲音讓我想起他第一次和我說話的時候，當他對我很好的時候，然後他聲音又壓得更低了，「我答應迪亞哥要傳話給妳。他說這和忍者有關。妳知道這是什麼意思嗎？」

他還是沒辦法看向我，但是他又站得更近了些。

「迪亞哥？」我忍不住喃喃。

萊利露出一點笑容。「我們聊一聊吧？」他把頭往門口一偏。「我檢查過了所有的門窗。一樓很暗很安全。」

我知道一旦離開福瑞德，我不可能會安全，但我得聽聽迪亞哥想告訴我的話。發生了什麼事？我應該要留下來陪他一起等萊利。

我跟著萊利穿過房間，保持低頭。他給了拉烏爾幾項指示，對著克絲蒂點頭，然後走上樓梯。從我的眼角看到幾個人好奇的看著他前進的方向。

萊利先走過門口，而一樓就像他保證的一樣全黑。他指示我跟著他穿過一條漆黑的走廊，經過幾間沒關房門的臥室，然後過了另一道裝有門栓的門。結果我們來到車庫。

「妳很勇敢，」他用很低的聲音說：「不然就是非常信任。我以為現在太陽上來了，要花一點時間說服妳跟我來到樓上。」

糟糕，我應該要更緊張兮兮的才是。已經來不及了，我聳了聳肩。

「看來妳和迪亞哥交情不錯，對吧？」他問道，只是輕聲的把話吐出來。大概是因為，如果在地下室的每一個人都很安靜，他們就能聽到他說的話了，但是現在下面很吵雜。

我又聳了聳肩。「他救了我一命。」我輕聲的說。

萊利抬起他的下巴，做出了個很接近點頭的動作，然後開始思量。他相信我的話嗎？他還是認為我怕白天嗎？

「他很棒，」萊利說：「是這裡最聰明的孩子。」

我點了一下頭。

「對於現況我們有一個小會議。我們都認為需要做一些偵查工作，在什麼都不瞭解的狀況下行事太危險，他是我唯一可以信賴去做偵查工作的人。」他嘆了口氣，幾乎像是在生氣。「我希望我有兩個他就好了！拉烏爾的脾氣太差，而克絲蒂又太自以為是，根本成不了大器，但是他們是我現有的最佳選擇，我只能湊合著用。迪亞哥說妳也很聰明。」

我等著，不太清楚萊利知道多少我們之間的事。

「我需要妳幫我搞定福瑞德。哇，那孩子實在是太強了！今天晚上我根本沒辦法看他。」

我再度謹慎的點點頭。

「想想看，連敵人都沒辦法看我們。這樣多輕而易舉！」

我不認為福瑞德會喜歡這個主意，但也許我錯了。他看起來不太像是在乎這個家族，他會想要救我們嗎？我沒有回應萊利。

「妳花了很多時間和他在一起。」

我聳肩。「這樣才沒有人會來煩我。這不容易。」

萊利嘟起他的嘴並點了點頭。「很聰明，就像迪亞哥說的。」

「迪亞哥在哪？」

我不應該問的，但是話就自己跑了出來。我焦急的等待，試著假裝不在乎，但是有點失敗。

「我們沒有時間可以浪費。等我知道事情要發生的時候，我派他到南方去了。如果我們的敵人決定提早攻擊，我們應該要有所警覺。等我們進攻時，迪亞哥會和我們會合。」

我試著想像迪亞哥現在在哪裡，我希望自己和他在一起，也許我就能說服他不要幫萊利跑腿而讓他自己身陷險境。但也許沒用。看起來迪亞哥和萊利的關係深厚，就和我擔心的一樣。

「迪亞哥要我告訴妳一件事。」

我的視線馬上移到他臉上。太快了，太急切，又搞砸了。

「在我聽來一點道理也沒。他說：『告訴布莉我想出握手的手勢了。再過四天，等我們會合的時候，我就會秀給她看。』我完全不知道他在說什麼，妳知道嗎？」

我試著擺出一張撲克臉。「也許吧。他說過我們需要個祕密握手手勢之類的，在他的水底洞窟時用的，像是通關密語之類的。他只是在開玩笑吧。我不確定他現在指的是什麼。」

萊利低聲輕笑。「可憐的迪亞哥。」

「什麼？」

「我想那孩子喜歡妳的程度比妳喜歡他還來得更多。」

「喔。」我移開視線，感到困惑。迪亞哥是想給我一些暗示，好讓我知道我可以信任萊利嗎？但是他並沒有告訴萊利我知道太陽的事，可他還是很信任萊利，才會讓萊利知道他關心我。我覺得我最好還是放聰明點，閉上嘴巴。太多事在變化。

「先別判他出局，布莉。他很棒，就像我說的，給他一個機會。」

萊利在教我怎麼談戀愛？這越來越詭異了。我點了一下頭並喃喃的說：「好啊。」

「試著和福瑞德談談，確定他和我們是一夥的。」

我聳肩。「我會盡我所能。」

萊利笑了。「太好了。在我們離開之前，我會把妳叫到一邊，妳再告訴我結果。我會保持自然一些，不像今天晚上。我不想讓他覺得我在監視他。」

「好。」

萊利指示我跟著他，然後回到地下室。

訓練持續了一整天，但我沒有加入。萊利回到他的小隊領導者身邊以後，我回到福瑞德身邊的位置。其他人都已經被分配好在四人一組的四個隊伍，由拉烏爾和克絲蒂指導他們。沒有人選擇福瑞德加入他們那一方，也或許是他根本無視他們的存在，也可能是因為大家都看不見他。我還是看得到他，他很顯眼——唯一沒有在練習的那一個，在房間裡的一隻超大的金髮大象。

我一點都沒有加入拉烏爾或是克絲蒂隊伍的欲望，所以我只是看著。似乎沒有人注意到我和福瑞德只是坐在旁邊看。雖然在某種程度上我們應該是隱形的，多虧了福瑞德的天賦，我還是覺得自己太過顯眼。我希望我會隱形——我能親眼看到幻象才能放心。但是沒有人注意我們，過了一段時間之後我才幾乎能放鬆。

我仔細觀察他們練習。我想要知道每一個細節，以防萬一。我並不打算加入戰局；我打算找到迪亞哥之後就逃跑。但是萬一迪亞哥想戰鬥呢？或者我們必須和其他人打鬥才能逃離？最好注意一下。

只有一次有人問起迪亞哥。是凱文問的，但我有種感覺是拉烏爾叫他問的。

「所以迪亞哥到頭來還是被燒焦了？」凱文以一種硬逼出來的玩笑語調說。

「迪亞哥和她在一起，」萊利說，沒有人需要問那是誰。「探察敵情。」

有幾個人打了寒顫，沒有人再提起迪亞哥的事。

他真的和那女人在一起嗎？我為這個念頭感到恐懼。也許萊利這麼說只是要大家別多問，他大概不想讓拉烏爾忌妒和感到略遜一籌，因為萊利今天需要他全力以赴。我不確定，我也不會問。我保持安靜，和平常一樣，觀察著訓練過程。

結果，觀察很無聊，飢渴才有效。萊利接連著三天兩夜都沒有讓他的軍隊休息，在白天的時候要躲開人群比較難——我們全都擠在地下室裡，這麼一來倒是幫了萊利一個忙——通常他可以在鬥毆事件一發不可收拾之前就阻止他們。到了晚上的戶外練習，他們有更多的空間可以活動，但萊利忙著跑來跑去撿四處亂飛的四肢，趕緊讓它們回到主人身上。他把他的脾氣控制得很好，而且這一回他很聰明，及時把所有的打火機都找出來。我本來以為這一切會失控，拉烏爾和克絲蒂到最後已經頭碰頭起了衝突好多次。但萊利比我想像中的把他們控制得更好。

話說回來，大部分時間還是一直重複上演同一件事。我注意到萊利一直一直一直重複著同樣的話。**團結合作，注意後方，不要和她正面交鋒；團結合作，注意後方，不要和他正面交鋒；團結合作，注意後方，不要和她正面交鋒**。這實在有點蠢，真的，這也讓大家看起來都特別蠢。但我很確定如果我和他們一樣加入戰鬥的行列，而不是動也不動的坐在福瑞德旁邊冷眼旁觀，我看起來也會很蠢。

這讓我想起萊利把害怕太陽這事深植我們腦海的方法。不斷重複。

但看他們練習還是很無聊。第一天在大約過了第十個小時之後，福瑞德拿出了一疊撲克牌還自顧自玩了起來。這比看他們重複犯同樣的錯誤還有趣，所以大部分時間我都在看他。

大概又過了十二個小時——我們又回到房子裡——我推了福瑞德一下，提示他有一張紅心五可以換，他點點頭照做了。從那次以後，他發卡給我們兩人，我們玩了拉美牌。我們從沒交談，但是福瑞德微笑了幾次。沒有人看向我們，或是要求我們加入。

這期間並沒有時間狩獵，而隨著時間的經過，這一點越來越難忽視。鬥毆事件發生得越來越頻繁，也不太需要太多刺激。萊利下命令的聲音越來越尖銳，他自己也扯下兩條手臂示警。我極力試著遺忘渴望的灼熱——再怎麼說，萊利一定也開始渴了，所以這不可能拖太久——但大部分的時間，這可是我腦袋裡唯一能想到的事。福瑞德看起來神經也很緊繃。

稍早進入第三個晚上時——只剩下一天，我越是想著倒數的鐘響，我的胃就糾成一團——萊利讓所有的打鬥訓練停止。

「集合過來吧，孩子們。」他告訴我們，每一個人都移動到他面前圍成一個半圓。原本就在一起的集團彼此站得比較近，看來練習並沒有讓他們成為夥伴。福瑞德把撲克牌收起來放進褲子後的口袋，然後站了起來。我緊跟在他旁邊，仰賴他令人生厭的氣場來讓自己躲藏。

「你們都做得很好，」萊利告訴我們。「今晚，你們會得到獎賞。盡情的喝吧，因為明天你們都會想要力量。」

幾乎是每一個人都發出了寬慰的嘶鳴。

「我說想要而不是需要是有原因的，」萊利繼續說：「我相信你們絕對沒問題。你們保持頭腦機警並且努力練習，我們的敵人絕對會措手不及！」

克絲蒂和拉烏爾咆哮，而他們的追隨者馬上加入回應。我很驚訝，因為在那一刻他們看起來的確像是一支軍隊。並不是因為他們成行軍隊伍前進或什麼的，但在那一聲回應裡，有種團結在一起的氣氛，就好像他們都是屬於一個大組織的一部分。和平常一樣，福瑞德和我是明顯的例外，但我想只有萊利才有花一絲精神注意到我們一些些——他的眼睛會不時掃向我們所在的位置，好像是在確定福瑞德的天賦還有作用。更何況萊利似乎不在意我們沒有加入訓練，至少到目前為止是這樣。

「嗯，你是指明天晚上對吧，老大？」拉烏爾確認。

「沒錯。」萊利邊說，臉上帶著一抹奇怪的笑容。似乎沒有人注意到他的回應有異——除了福瑞德。他抬起一邊眉毛低頭看向我。我聳肩。

「你們準備好要領獎了嗎？」萊利問。

他的小軍隊齊聲怒吼作為回應。

「今晚你們將會體驗在我們的敵人消失以後，這世界嘗起來的滋味。跟我來！」

萊利一躍而起，拉烏爾和他的隊伍緊跟在後，克絲蒂的隊伍則開始推擠到他們中間想搶到最前頭。

「不要讓我改變主意！」萊利在前方的樹上大吼。「讓你們都渴死。我才不管！」

克絲蒂怒吼出一聲命令，而她的隊伍不情願的退到拉烏爾的隊伍後面。福瑞德和我等到他們都離開了我們的視線，然後福瑞德做出一個女士優先的動作。這感覺並不像是他害怕有我跟在背後，他只是想表示禮貌。我開始跟在軍隊後面跑。

其他人早已走遠，但是要追蹤他們的氣息並不難。福瑞德和我安靜的一起奔跑，我猜想他在想些什麼，也許他只是渴了。我的喉嚨在燃燒，他的應該也是。

五分鐘後我們追上了其他人，但我們還是保持距離。軍隊在極度安靜中移動。他們注意力集中，而且更為……有秩序。我有點希望萊利該早一點開始訓練他們。

我們穿過一條兩線道的公路，又穿過一條森林中的小徑，來到了海邊。水很平靜，而我們一直朝正北方進行，所以這一定是到了海峽。我們並沒有經過任何住家，我很確定這是刻意的。在極度飢渴的狀況下，不用花太大力氣就能把這一群臨時組織起來的小隊伍，變成吃免費大餐的叫囂群眾。

我們從來沒有一起狩獵過，而我很確定這不是個好主意。我還記得我和迪亞哥第一天交談時，凱文和那個蜘蛛人小鬼爭奪車裡女人的事。萊利最好是準備了很多具身體給我們，不然大家又會因為爭奪鮮血而開始撕裂對方。

萊利在水邊停下來。

「不必拘束，」他告訴我們。「我要你們全部都吃飽並且強壯——達到顛峰狀態。現在……讓我們找點樂子吧。」

他流暢的潛入海浪，其他人一邊興奮的嘶吼一邊入水。福瑞德和我比之前更緊跟在他們後頭，因為在水裡我們沒辦法追蹤他們的氣味。但我可以感覺出福瑞德有點遲疑——如果這除了是吃到飽自助餐之外還有別的，他已經準備好蹺頭。看起來他信任萊利的程度並沒有比我還多。

我們沒有游得很久，然後我看到其他人開始往水面游。福瑞德和我最後浮出水面，而等到我們的頭一浮出水面，萊利就開始講話，好像他在等著我們。他一定是比其他人還注意福瑞德。

「她在那裡，」他說，手指著前方一艘往南行進的渡輪，大概是從加拿大來的最後一班通勤船班。「給我一點時間。等電源切斷了以後，她就是你們的了。」

有人發出了興奮的低喃，有人低聲輕笑。萊利像子彈般射了出去，不一會兒我們看到他飛上大船的邊緣，他直接前往船上端的控制塔臺，我猜是要破壞無線電。他愛怎麼說敵人是我們小心謹慎的原因就怎麼說，但我很確定還有其他因素，人類不應該知道吸血鬼的存在。至少，時間不長，只到我們殺了他們為止。

萊利踢破他前方一扇大玻璃窗，然後消失在控制塔臺內。五秒鐘之後，電燈熄了。

我發現拉烏爾早就不見了。他一定是潛入水裡所以我們聽不見他跟在萊利後面划水。每一個人都游向前，水波劇烈晃動，活像是一大群梭魚（註3）在攻擊。

福瑞德和我用比較悠閒的速度跟在他們後面。在某個可笑的方面來說，我們就像是一對結婚很久的老夫妻，我們從不交談，但還是在同時間做同樣的事情。

註3　俗稱海狼，攻擊性很強的一種魚，就是電影《海底總動員（Finding Nemo）》裡吃掉尼莫（Nemo）媽媽的那一種。

我們大約在三秒鐘後登上船，空氣中已經充滿了尖叫聲以及溫暖鮮血的氣味。那氣味讓我馬上瞭解到我有多麼飢渴，但這是我最慢領悟到的。我的腦完全停止運作，只感到我喉嚨裡炙熱的疼痛以及美味的鮮血——到處都是血——承諾著將烈火澆熄。

當一切結束時，整艘船上再沒有任何一顆心臟跳動，我不知道光是我就殺了幾個人，一定遠遠超過我以往狩獵時所有數字加起來的三倍。我既感到熱又感到潮紅，我喝的血遠遠超過抑制飢渴所需，甚至是為了飽嘗鮮血的滋味。這船上大部分的血是乾淨又甜美的——這些乘客並不是低下階層分子。雖然我並沒有抑制自己，但我殺人的總數大概在排行的尾端。拉烏爾被交纏的屍體團團包圍，看上去真的成了座小山，他坐在屍體堆的最頂端對著自己大笑。

他不是唯一一個在笑的人。黑暗的船上充斥著歡欣的聲響。我聽到克絲蒂說：「這真是太棒了——敬萊利三回！」一些在她身邊的人一起大聲歡呼，就像是一群快樂的醉漢。

潔和凱文跳上甲板，渾身濕透。「全部搞定了，老大。」潔對著萊利呼喊。有一些人一定是想游泳逃走。我沒注意。

我開始四處找尋福瑞德。花了我一段時間才找到他。我發現我沒辦法直接看自動販賣機旁邊的角落，所以我朝那裡前進。一開始我以為搖晃的渡輪讓我暈船，但是我越是靠近那感覺就消失了，我可以看到福瑞德站在窗邊。他很快的對我笑了一下，然後就把視線移到我的頭頂。我循著他的視線看去，發現他在看萊利，我有個感覺他做這件事已經好一陣子了。

「好了，孩子們，」萊利說：「你們體驗過了甜蜜的人生，但我們還有正事要辦！」

他們充滿熱誠的嘶吼回應。

「我還有最後三件事情要告訴你們——其中一項包含了甜點——讓我們沉了這艘船後回家吧！」

笑聲伴隨著咆哮，這一支軍隊開始分解這艘船，福瑞德和我從窗戶離開並隔著一段距離看表演。不一會時間渡輪便攔腰折斷，發出了金屬崩解的呻吟聲。中央那一截先沉入水裡，船頭和船尾同時朝天空翹起。最後它們一起沉入水裡，船尾只比船頭搶先了幾秒鐘。那一群梭魚朝著我們游過來，福瑞德和我朝著岸邊游去。

我們和其他人一起跑回家——雖然還是保持著距離。有好幾次福瑞德看著我像是有話要說，但每一次他好像都改變了主意。

回到房子以後，萊利想平息慶祝的氣氛。即使經過了好幾個鐘頭，他還是忙著要讓大家又認真起來。有史以來第一次他不是要阻止人打架，只是必須安撫情緒。如果萊利的承諾是假的，和我猜想的一樣，在突襲完之後他可有個大問題，現在這些吸血鬼真的有了他們的狂歡盛宴，他們不會那麼輕易就回到以往克制的情況。但至少在今晚，萊利是個英雄。

終於——在我推測太陽升起了之後沒多久——大家終於安靜下來集中注意力。從他們臉上的表情看來，他們似乎已經準備好要對萊利唯命是從。

萊利站在樓梯的半途，他的表情嚴肅。

「三件事情，」他開始說：「第一、我們必須確保我們找到對的家族。如果不小心和其他族群遇上還宰了他們，那我們就洩漏行蹤了。我們要讓敵人過於自滿而疏於防備。從兩件事情可以辨認出這一族，而且很難認錯。一，他們看起來和我們不同——他們有黃色的眼睛。」

有人困惑的低聲討論。

「黃色的？」拉烏爾用嫌惡的語氣重複。

「這世上有太多吸血鬼是你還沒見過的。我告訴過你們這一群吸血鬼很古老。他們的眼睛比我們的還弱——隨著年齡轉黃。這是我們另一項優勢。」他對自己點了一下頭，彷彿是在說：**解決了一項**。「但是還有其他古老的吸血鬼存在，所以還有一個方法可以讓我們認出他們……而這就是我說的甜點部分了。」萊利狡猾的笑了一笑並停頓了一會。「我不瞭解，但我親眼目睹過了。這些古老的吸血鬼會變得軟弱，所以他們開始豢養——當成是自己家族的一員——一個寵物人類。」

他揭發的這一項事實帶來全然的沉默，這令人完全不能置信。

「我知道——很難理解，但這是真的。我們能夠完全確定是他們沒錯，因為他們會帶著一個人類女孩。」

「怎樣……帶著？」克絲蒂問。「你是說他們都把食物帶在身邊，還是怎麼的？」

「不，一直是同一個女孩，只有一個，而且他們不打算殺她。我不知道他們怎麼辦到的，或是為什麼這麼做。也許他們只是喜歡和別人不同，也許他們是想炫耀他們的自制力，也許他們認為這樣讓他們看起來更強壯，對我來說一點道理也沒有。但是我見過她。更甚者，我聞過她的氣味。」

緩慢又充滿戲劇性的，萊利伸手從他的夾克裡拿出一個裝有一件衣物的保鮮夾鍊袋。

「過去幾個星期以來我做了一些偵查工作，在他們接近這個區域時觀察這些黃眼睛的。」他停下來給了我們一個家長的眼神。「我照顧我的孩子們。總之，當我看出他們想對我們發動進攻，我隨手抓了這個，」——他揮舞了一下那袋子——

「來幫我們追蹤他們。我要你們牢記這個氣味。」

他把袋子交給了拉烏爾，而他打開塑膠拉鍊並深吸了一口氣，他抬頭帶著訝異的神情看著萊利。

「我知道，」萊利說：「很神奇，對吧？」

拉烏爾把袋子交給了凱文，瞇起眼睛思索著。

一個接著一個，每一個吸血鬼都聞了袋子，而每一個人都露出驚訝的眼神。我太過好奇，所以我離開福瑞德的身邊一直到我開始感到一點反胃，知道自己離開了他的防護圈。我偷偷前進直到我站在蜘蛛人小鬼身邊，剛好是隊伍的最後一人。他朝袋子裡嗅了嗅，而且正準備把它還給交給他的那個小鬼的時候，我伸出了手並輕輕的噓了一聲，他愣了一下才反應過來——好像他從來沒見過我——然後把袋子交給我。

那件紅色的衣物看起來是一件襯衫，我把鼻子湊近開口前，目光放在離我最近的吸血鬼身上以防萬一，然後吸了一口氣。

啊，我知道為什麼大家臉上都會有那個表情，因為我自己臉上說不定也有一個。穿這件衣服的人類有著無比甜美的鮮血。當萊利說甜點的時候，他一點都沒說錯。話又說回來，我並沒有像之前那麼飢渴，所以當我的眼睛因為驚喜而張大的時候，我並沒有在喉嚨感覺到足夠的疼痛讓我皺起臉。如果能嘗到這鮮血很棒，但現在這個時刻，如果我嘗不到也不會讓我感到痛苦。

我不禁想著下次要多久時間才會令我再度感到飢渴。通常在吸食過後的幾個小時以後，我就又可以感受到痛楚開始重現，而情況會越來越糟——在幾天之後——會連一秒都無法忍受。我剛才喝過的大量鮮血會拖延這個效應嗎？我猜我很快就會得到答案。

我環顧四周，確定沒有其他人等著這個袋子，因為我想福瑞德對它應該也很感興趣。萊利看到我，露出一點點微笑，然後把下巴朝著福瑞德所在的位置偏了一下。這讓我非常想做出和剛剛計畫相反的事來，但無所謂，我不想要讓萊利對我心存疑慮。

我走向福瑞德，忽視噁心的感覺一直到它消失，然後我就在他身邊了。我把袋子拿給他。我考慮到他似乎讓他很高興；他笑了，然後嗅了嗅襯衫，過了一會他對自己若有所思的點了點頭。他把袋子還給我時，臉上有種特別的神情，下一回我們獨處的時候，我想他應該會告訴我他一直想說的話。

我把袋子丟回給蜘蛛人小鬼，他的反應就像是袋子突然從天而降，但還是在落地以前接住。

每一個人都因那個氣味而亢奮著，萊利拍了兩下手。

「好了，那就是我所說的甜點。那女孩會和那一群黃眼睛的在一起。誰先逮到她誰就可以吃甜點。就是這麼簡單。」

歡欣的咆哮響起，競爭的咆哮響起。

是很簡單沒錯，但是……有點不對勁。我們不是應該消滅黃眼一族嗎？團結是唯一的關鍵，而不是先搶先贏的競爭，只有一個吸血鬼能贏。這一個計畫所能保障的結果只有一個死人類。我可以想出一大把更有效率的方法來激勵這一支軍隊：殺掉最多黃眼睛的可以贏得那女孩，表現出最佳團隊精神的得到那女孩，最按照計畫進行的、最遵守命令的、MVP之類的。我們的注意力應該放在將面臨的危險上，而絕非那個女孩。

我環顧四周，發現並沒有人和我有著一樣的思考模式。拉烏爾和克絲蒂正瞪視著對方，莎拉和潔正輕聲的爭辯著分享獎項的可能性。

至少福瑞德好像覺得不對勁，他也在皺眉。

「還有最後一件事，」萊利說，這是第一次在他的聲音裡聽到一絲不情願。「這大概會更難接受，所以我會秀給你們看。記住了——我會一直陪著你們走到最後一步。」

吸血鬼們這下又靜下來了。我注意到拉烏爾把夾鍊袋拿了回去，充滿占有欲的緊緊握著。

「關於吸血鬼的事還有很多是你們必須學習的，」萊利說：「有些事會比其他的聽來更有道理。這件事一開始聽起來會很離譜，但我自己親身體驗過，我會示範給你們看。」他故意停頓了好一會兒。「一年有四次的時間，陽光會以一個特定非直接角度射入。在這一天，一年之中會有四次，我們在陽光下……會很安全。」

所有最細微的動作都停止了，也沒有人呼吸。萊利是在和一群石雕像說話。

「這些奇妙日子的其中一天就是現在。今天外面升起來的太陽不會傷害我們，而我們就要用這稀有的例外給我們的敵人一個驚喜。」

我的思緒不停旋轉甚至上下顛倒，所以萊利一直都知道在陽光底下很安全的事。或者是他並不知情，而我們的創造者告訴他這個「一年有四天」的故事。或者是……迪亞哥和我只是很幸運的遇上了這其中一天？除了之前迪亞哥曾待在樹蔭底下。而且萊利把這一切說得好像是某種夏至冬至之類的季節性東西，但我和迪亞哥在四天之前才很安全的待在太陽底下。

我可以理解萊利和我們的創造者想要利用對太陽的恐懼來控制我們，這有道理。但是為什麼等到現在才告訴我們事實——還是以一種隱瞞真相的方式？

我猜這和那些恐怖的黑色斗篷人有關。她可能想要趕在期限之前結束一切。那些穿斗篷的人並沒有承諾等我們殺掉那些黃眼睛的之後就放她一馬，我猜等到她一達成目的以後一定會馬上逃得不見蹤影。殺了那些黃眼睛的，然後就到澳洲還是世界的另一端放長假去了。我敢打賭她一定不會寄邀請函給我們，我得趕快找到迪亞哥後一起逃走，朝萊利和我們的創造者的相反方向走。我也該給福瑞德一些提示，我決定一等到我們獨處的時候我就會告訴他。

在萊利的小演說裡所包含的計謀與操縱實在太多了，我不確定自己掌握了全部。我希望迪亞哥和我在一起，我們才能一起分析。

如果萊利只是臨時掰出這個四天的謊言，我猜我也能瞭解為什麼。這又不像是他能說：**猜怎麼著，我整整騙了你們一輩子，但現在我要告訴你們實話**。他希望我們今天跟著他加入戰局，他不會想要冒險危害他建立起的信任。

「你們會對這個念頭感到害怕並不為過，」萊利對著那群雕像說：「你們之所以還活著，是因為我告訴你們要小心行事時你們都聽進去了。你們準時回家，你們沒有犯錯。恐懼讓你們變得更聰明又小心，我不期望你們把這一份具有智慧的恐懼感抛到一邊，我不期望你們會因為我的簡單一語就衝向門外。但是……」他看了房間一圈。「我期望你們跟著我出去。」

他的視線有那麼一小段時間移開了聽眾，很快的瞄了我頭頂上某東西一眼。

「看著我，」他告訴我們。「聽我說，相信我，當你看到我沒事的時候，相信你的眼睛。今天的太陽會在我們的皮膚上產生一種特殊的現象，你會明白的，這不會傷害你，我不會讓你們冒不必要的危險，你們知道的。」

他開始走上階梯。

「萊利，難道我們不能等——」克絲蒂開始說。

「注意看就好，」萊利截斷她的話，還是繼續朝樓上平穩移動。「這對我們而言是一大助力。黃眼睛的知道這一天，但是他們並不知道我們也知道了。」他一邊說話，一邊開門走出地下室，走到廚房。在密閉的廚房裡並沒有光線，但是大家還是避開敞開的門邊，除了我以外的每一個人，他的聲音繼續往前門移動。「要年輕的吸血鬼習慣這個異象需要一點時間——這很合理。那一些不注意白天陽光的絕對活不長。」

我感到福瑞德看向我，我眼光飄向他，他急切的盯著我看，好像是他想要離開但不知道該往何處去。

「沒問題的，」我幾近無聲的低語。「太陽不會傷害我們。」

妳相信他？他做出脣語。

門都沒有。

福瑞德抬起一邊的眉毛，放輕鬆了一點。

我看向我們的背後。萊利到底在看什麼？牆上沒有什麼變化——只有一些死人的家庭相片，一個小鏡子，還有一個咕咕鐘。他在看時間嗎？我們的創造者也給了他一個期限嗎？

陽光從敞開的門穿透進了地下室，因為萊利的皮膚——只有我知道這一點——而增強。我可以看到明亮的反射在牆上跳舞。

嘶聲怒吼著，我的族人全部退到和福瑞德反方向的角落。克絲蒂退得最遠，看起來像是準備用她的小隊來擋住她。

「放輕鬆，各位，」萊利從上往下喊。「我一點事也沒有。沒有痛苦，也沒有燃燒。你們自己試試。來吧！」

沒有人朝門口前進一步。福瑞德蹲伏在牆邊，慌張地看著光線。我在他眼前揮手引他注意，他抬頭看我並審視著完全冷靜的我好一會兒，他慢慢的在我旁邊站直起身，我對他鼓勵的笑了笑。

其他人都在等待著燃燒開始，我納悶在迪亞哥眼裡我是不是也這麼蠢。

「你們知道嗎？」萊利在上頭若有所思的說：「我很好奇誰是你們之中最勇敢的。我之前以為我知道誰會是第一個跨過那一道門的人，但也許我錯了。」

我翻了翻白眼。**真是高招啊，萊利**。

但當然這很有效，拉烏爾幾乎是馬上開始慢慢的朝門口移動。有史以來頭一次，克絲蒂並沒有急著要和他爭奪萊利的贊同。拉烏爾朝著凱文彈了彈手指，而他和那個蜘蛛人小鬼心不甘情不願地跟在他身後。

「你們聽得見我，知道我沒有被烤焦，別像一群小嬰兒一樣！你們可是吸血鬼，做吸血鬼該做的事。」

但是拉烏爾和他的夥伴還是沒辦法超過階梯的第一階，其他沒有人動。過了幾分鐘後，萊利回來了。在陽光間接照射的門口，他看起來只有隱約發一點光。

「看看我——我沒事。我是認真的！我真為你感到不好意思。過來，拉烏爾！」

最後，萊利得抓著凱文——拉烏爾一看出萊利想幹什麼的時候馬上逃開——然後強迫他上樓。我看到了他們進入陽光的那一刻，看著光因為他們的反射變得更亮。

「告訴他們，凱文。」萊利命令道。

「我沒事，拉烏爾！」凱文從上面喊話。「哇。我全身……都在發光。這真是瘋了！」他大笑。

「幹得好，凱文。」萊利大聲說。

這可讓拉烏爾受不了了，他咬緊牙關跨步上了階梯。他動作並沒有很迅速，但不久後他就和凱文一起發光、笑鬧著。

但即使是如此，整個過程還是花了比我想像還久的時間。大家還是一個接著一個來。萊利越來越沒耐心，現在是威脅比鼓勵的話還來得多了。

福瑞德對我使了個眼色像是在說，**妳知道這事？**

是的。我用脣語說。

他點點頭然後開始上樓梯。地下室還有大概十個人，大多是克絲蒂的人，在牆邊擠成一團。我和福瑞德一起走。至少要走在隊伍中間，讓萊利去解讀他想知道的。

我們可以看見一群舞廳球吸血鬼在前院閃閃發光，帶了著迷的神情盯著自己的手和對方的臉看。福瑞德沒有停下來直接走進陽光裡，在我看來這非常英勇。克絲蒂則是萊利成功灌輸我們的最好例子，無視於眼前的事實，她仍頑固的墨守成規。

福瑞德和我站開一些距離。他仔細的檢視著自己，然後從頭打量我，再盯著其他人看。我突然發覺福瑞德雖然很安靜，但是他在審視證據的時候非常具觀察力並帶了點科學方法，他一直都在評估萊利的話和行為。他想通了多少事？

萊利得逼著克絲蒂上樓梯，然後她的同夥便跟隨在她後頭。最後我們終於全都暴露在陽光之下，大部分的人都很高興他們看起來很美。萊利很快得集合大家進行一場小訓練——大部分，我猜，是要他們再度集中精神。這花了一點時間，但後來大家紛紛明白是時候了，而他們變得更安靜也更凶殘。我可以看出真正的一場戰鬥——不僅僅是受到允許，還是被鼓勵要撕扯和焚燒——幾乎和狩獵一樣令他們興奮。對像拉烏爾、潔和莎拉這些人來說這主意很吸引人。

萊利專注著在過去幾天一直要把某項作戰技巧深植他們的腦海——當我們追蹤到那些黃眼睛的氣味的時候，我們就要分成兩組包抄他們。拉烏爾會正面迎擊，而克絲蒂則從旁邊攻擊。這個計畫非常適合這兩人的行事作風，但是我不確定他們在獸性大發的時候還會記得遵照策略行事。

練習了一個鐘頭以後，萊利呼叫大家集合，福瑞德馬上朝著反方向的北邊退後；萊利讓其他人面向南方。我跟著他，完全不知道他想幹什麼。一直到離開好長一段距離後，福瑞德在森林邊的樹蔭下停了下來。沒有人看到我們移動，福瑞德看著萊利，似乎是在觀察他是否注意到我們沒有加入隊伍。

萊利開始說話，「我們現在就出發。你們都很強壯，而且準備好了。你們為這戰鬥飢渴，不是嗎？你們感受到了灼熱，你們準備好要吃點心了。」

他說得沒錯，昨晚那些血並沒辦法抑止渴望。事實上，我不確定，但我想這一次欲望可能會比平常來得更快又更重。也許喝過多的血在某方面來說，其實是很沒有效率的。

「黃眼睛會慢慢從南方逼近我們，一邊獵食，試著要保持強壯，」萊利說：「那女人一直都在監視著他們，所以我知道在哪裡會找到他們。她會在那裡和我們會合，和迪亞哥一起。」——他故意朝我剛才站的地方看了一眼，但他皺了一下眉又馬上消失——「然後我們就會像海嘯般衝擊他們，我們會很輕易的消滅他們。到時我們會慶祝。」他笑了。「而有人可以提早慶祝，拉烏爾——把那給我。」萊利霸道的伸出了他的手，拉烏爾不情願地把袋子裡的襯衫丟給他，看來拉烏爾似乎是想藉著抓緊那女孩的氣味來宣示主權。

「大家再聞一次氣味。我們要專心一志！」

專心在那女孩身上？還是戰鬥？

這一次萊利親自拿著襯衫走一圈，就像是他要確保每一個人都感到飢渴。而我可以從他們的反應來看，就像我一樣，灼熱的疼痛又回來了，襯衫的氣味讓他們開始咆哮嘶吼。再讓我們聞一次氣味是沒有必要的；我們從來不會忘記一件事。所以這大概是一項測驗，光是想到那女孩的氣味就讓我嘴裡的毒液開始流。

「你們準備好了嗎？」萊利大吼。

每一個人都尖叫大吼出他們的附和。

「讓我們宰了他們吧，孩子！」

他們又像一群梭魚了，只是這一次待在陸地上。

福瑞德沒有動，所以我留在他身邊，即使我知道這麼一來我會喪失寶貴的時間。如果我想在開戰以前找到迪亞哥，並拉他離開，我就得保持在隊伍的前方。我焦急的看著他們的背影，我還是比其他大多數的都來得年輕——速度更快。

「萊利大概有二十分鐘左右的時間都沒辦法想到我，」福瑞德告訴我，他的聲音聽來隨興又熟悉，好像過去我們曾有過數以萬計的談話。「我一直在測試時間。即使隔著一段距離，他如果試著回想我他就會感到不舒服。」

「真的？太酷了。」

福瑞德笑了。「我一直都在練習，注意觀察效果。現在我可以讓自己完全消失了。如果我不想，沒有人能看到我。」

「我注意到了，」我說，然後停下來推斷，「你不一起來？」

福瑞德搖了搖頭。「當然不。事實已經很明顯的顯示出，一直以來我們都被騙了，我不準備當萊利的棋子。」

看來福瑞德自己想通了。

「本來我想早一點離開的，但我想在離開之前和妳談談，只是一直沒有機會。」

「我也想和你談談，」我說：「我想告訴你關於太陽的事，萊利一直都在說謊。

什麼一年四天的根本就是鬼話，我想雪莉和史蒂夫還有其他人也都發現了。而且這場戰爭其間有更多政治關係是他沒有和我們說明的。敵人不只有一族。」我很快的說著，隨著太陽的移動，時間的流逝，我感到更急迫。我得趕快找到迪亞哥。

「我一點都不驚訝，」福瑞德平靜的說：「我要離開了。我要自己出去闖闖，看這個世界。或者說我本來是想獨自離開，但我又想也許妳會想加入我。和我在一起妳會很安全，沒有人能追到我們。」

我遲疑了一秒。能夠安全的念頭實在令人難以抗拒。

「我得找到迪亞哥。」我說，一邊搖搖頭。

他理解的點點頭。「我懂。這麼辦吧，如果妳願意為他背書，妳可以帶他一起來。也許有時候人多好辦事。」

「好。」我興奮的答應，回憶起當我和迪亞哥獨自在樹上看著穿斗篷的人前進時有多麼無助。

我的聲調讓他抬了抬眉。

「萊利至少還撒了一個天大的謊，」我解釋。「要小心。人類不應該知道我們的事，有一些可怕的吸血鬼專門阻止行事太過明顯的家族。我見過他們，你絕對不想被他們找到。在白天盡量少出沒，謹慎獵食。」我朝著南方焦急的看了一眼。「我得趕快走了。」

他嚴肅的想了想我剛剛揭發的一切。「好吧，如果妳願意的話，再多告訴我一些，我想知道更多的事。我會在溫哥華等妳一天，我對那城市很熟。我會在……」他想了一下然後輕聲笑了出來。「萊利公園留下足跡。妳可以用來追蹤我，但過了二十四小時之後就會離開。」

「等我一找到迪亞哥，我就會和你會合。」

「祝妳好運了，布莉。」

「謝了，福瑞德！也祝你好運。我們會再見面的！」我已經開始跑步。

「希望如此。」我聽見他在我背後說。

我朝著其他人氣味的方向追去，以前所未有的速度向前飛馳。我很幸運他們為了某件事停了下來——我猜是萊利對著他們大叫——因為我比預期的還要早追上他們，或許萊利想到了福瑞德而停下來找我們。在我追趕上時，他們以平穩的步伐奔馳，像昨晚一樣多少有點紀律。我試著不引人注意的溜到隊伍最前頭，但我看到萊利轉頭環顧四周掃視著背後的路徑。他看到了我，然後他跑得更快了。他是否以為福瑞德和我在一起？萊利再也不會見到福瑞德了。

不過只是五分鐘的時間，之後一切都變了。

拉烏爾聞到了那氣味，發出了一聲狂野的吼叫聲後衝了出去。萊利把我們逼得太緊，以至於一點點火花都能造成大爆炸。其他靠近拉烏爾的人也嗅到了氣味，然後大家都抓狂了。萊利對這女孩的反覆強調使得大家遺忘了其他的指示。我們是獵人，而非軍隊，已經沒有所謂的團隊，現在是一場爭奪血液的賽跑。

雖然我知道這其中有多少謊言，但我還是無法完全抵抗那氣味。跟在隊伍最後面，我終究還是聞到了氣味。新鮮、濃烈，那人類最近才經過，而且她聞起來是這麼的甜美。雖然我才因為昨天喝過那麼多的血而感到強壯，但是那一點用都沒有。

我還是渴，還是感到灼熱。

我跟在其他人後面，試著保持清醒。我用盡全部的力氣克制自己，讓自己待在後方。最接近我的人是萊利，他也在……克制自己嗎？

他對著其他人大喊，大部分都是一再重複一樣的事。

「克絲蒂，繞到旁邊！四處移動！分散開來！克絲蒂、潔！不准打架！」他那整個分頭突襲的策略就在我們眼前自動崩解。

萊利快速衝到主要隊伍的前方抓住了莎拉的肩膀，他把她拉到左邊時，她對著他發火。「從旁邊！」他大吼。他抓住了那個我老是記不起名字的金髮男孩，並把他推向莎拉，她很明顯的非常不爽。克絲蒂終於從狩獵狂熱中清醒過來，記起她應該要有技巧性的移動。她在拉烏爾身後使了個銳利的眼色後，開始對著她的隊伍厲聲吼叫。

「從這邊！快一點！我們會繞過去搶在他們前面先抓到她！快呀！」

「我和拉烏爾一起迎頭襲擊！」萊利對著她大喊，轉身離開。

我遲疑了一會兒，還是往前跑。我並不想加入「迎頭襲擊」的隊伍，但是克絲蒂的隊伍已經開始對付起自己人了。莎拉已經鎖住了那金髮小鬼的脖子，他的頭被扭斷的聲音讓我做出了決定。我轉而跟著萊利，納悶著莎拉是否會停下來燒那個喜歡扮蜘蛛人的男孩。

我追得夠快，剛好撞見萊利在前方，並且跟著他好一會兒，一直到他和拉烏爾的隊伍會合。那女孩的氣味讓我很難將精神專注在重要的事上。

「拉烏爾！」萊利大喊。

拉烏爾哼聲，但沒有轉身，他完全被甜美的氣息吸引住。

「我得去幫助克絲蒂！我會在那裡和你碰頭。專心注意目標！」

我趕緊停下腳步，因不確定而僵住。

拉烏爾繼續前進，對萊利的話一點反應也沒有。萊利速度緩慢下來成為慢跑，最後變成走路。我應該要動的，但是他大概聽見我試著要藏起來的聲音，他轉過身來，臉上帶著一抹微笑，然後看到了我。

「布莉，我以為妳和克絲蒂在一起。」

我沒有回應。

「我聽見有人受傷——克絲蒂比拉烏爾更需要我。」他很快解釋。

「你要……丟下我們？」

萊利的臉變了。就好像我可以看見他心裡的計算全寫在臉上。他的眼睛瞪大，突然間充滿焦慮。

「我很擔心，布莉。我說過她會和我們會合，來幫助我們，但是我沒有嗅到她的氣息。事情不對勁，我得找到她。」

「但是你沒辦法在拉烏爾遇見那些黃眼睛前找到她。」我指出。

「我得找出發生了什麼事。」他聽起來真的很絕望。「我需要她。我不應該獨自面臨這一些！」

「但是其他人……」

「布莉，我得找到她！立刻！你們的人數夠多，足以打倒那些黃眼睛的。我會盡快趕回來。」

他聽起來是這麼真誠。我遲疑了，回頭看了我們來的方向。福瑞德現在大概已經在抵達溫哥華的半途，萊利卻連一次也還沒問起他的事，也許福瑞德的天賦仍有作用。

「迪亞哥在前面，布莉，」萊利急切的說：「他會參與第一波攻擊。妳沒有嗅到他的氣味嗎？妳還沒接近那裡？」

我搖了搖頭，完全被搞糊塗了。

「迪亞哥在前面？」

「他和拉烏爾在一起。如果妳動作快，妳就可以幫他活著逃出來。」

我們直視對方好一會兒，然後我往南看向拉烏爾走的路。

「好女孩，」萊利說：「我會找到她，然後我們會一起回來幫忙善後。你們一定辦得到！搞不好妳到的時候已經結束了！」

他朝著和我們原本路徑垂直的方向離開，我為他似乎很清楚該往何處去而咬緊牙關，到最後一刻還是在說謊。

但我似乎沒有選擇的餘地。我再度朝著南方狂奔，我得找到迪亞哥，就算是要拉著他離開也行。我們會追上福瑞德，或者是走我們自己的路。我們必須逃跑，我會告訴迪亞哥萊利是怎麼說謊的。他會看清萊利從來就沒有意思要在這一場他一手策劃出的戰爭裡幫我們。沒有必要再幫他了。

我找到了那人類的氣味，然後拉烏爾的。我沒聞到迪亞哥的味道。我跑得太快了嗎？還是那人類的氣味完全掌控了我？我一半的腦袋都被這個奇怪又沒有建設性的打獵占據——沒錯，我們會找到那女孩，但到時候我們真的能團結在一起戰鬥嗎？不，我們一定會為了搶奪她而忙著把彼此撕裂。

然後我聽見了咆哮、尖叫、尖聲怒吼在前方爆炸開來，這時我知道已經開打，而我來不及把迪亞哥抓離開那地方。我跑得更快了。也許我還來得及救他。

我聞到了煙味——焚燒吸血鬼時的甜膩氣息——隨著風吹向我。前方騷動的聲音更大了，也許戰事就快要停止。我會看到我們的家族贏得勝利，而迪亞哥正等著我嗎？

我避開一道厚重的濃煙，發現自己已經離開森林來到一處寬闊的平原。我跳過一塊大石，但隨即發現我躍過的其實是一具無頭的軀體。

我的眼睛掃視著平原，到處都是吸血鬼的碎片，還有一道紫色的煙從一個巨大的火堆中直衝晴朗的天際。在那翻騰的濃煙之下，伴隨著持續不斷的吸血鬼被撕裂的聲音，我可以看見閃爍著光芒的屍體正嘗試著爬行或飛射而出。

我只想找一樣東西：迪亞哥的黑色鬈髮。就我所見沒有一個人擁有如此濃密的黑髮。有一個身材巨大的吸血鬼擁有一頭幾近黑色的棕髮，但是他太壯碩，而在我仔細看著他的時候，他正忙著扭斷凱文的頭並把它丟進火堆裡，隨即又跳上另一人的背，那是潔嗎？另外還有一個有著一頭黑直髮的，身形太嬌小不可能是迪亞哥。他的動作太快，以至於我無法分辨出他是男是女。

我很快的再掃視一遍，感到無比的無助。我仔細觀察著臉，這裡並沒有很多吸血鬼，即使是把倒地的都算進去。我沒看到任何一個克絲蒂那群的人，被燒掉的吸血鬼數量一定很多，大部分還站著的吸血鬼都是陌生人。一名金髮的吸血鬼看向我，迎上我的視線，他的眼睛在陽光底下閃爍著金光。

我們輸了，輸得很慘。

我開始朝著樹林退後，移動得不夠快，因為我還在找迪亞哥。他不在這裡，沒有任何跡象顯示他曾到過這裡。沒有一絲他的氣味，而我可以分辨出拉烏爾的隊伍大部分的人和那些陌生人的。我強迫自己看向散落的碎片，沒有一個是屬於迪亞哥的，就算是只有一根手指頭我也會認得出來。

如果迪亞哥不在這裡，那他一定是已經死了。我很快的就得到這個結論，我想我早就知道這個答案了。自迪亞哥並沒有跟著萊利走進那一道通往地下室的門起，他就已經不在了。

距離樹林只有幾呎時，有一道力量像是破碎機的大鐵球撞上我般，從我的後方襲來，把我撲倒在地，一隻手臂鎖住我的喉嚨。

「拜託！」我哭出聲，而我想說的是請讓我死得快一些。

那隻手臂遲疑了。我並沒有掙扎，雖然我的本能都在催促我啃咬或是用爪撕裂我的敵人，但我比較理智的那部分告訴我這並沒有用。萊利也騙了我們有關這些軟弱、古老的吸血鬼，我們根本一點勝算都沒有。但就算我有辦法打倒這一個，我也沒有辦法行動。迪亞哥已經死了，這明顯的事實扼殺了我所有的戰鬥意志。

突然間我飛了起來，我撞上一棵樹並掉到地面上。我應該要逃的，但是迪亞哥死了，我沒有辦法忍受。

在平原上的那一名金髮吸血鬼專注的盯著我看，他的身體準備好隨時攻擊。他看起來很有力量，比萊利還要有經驗。但是他並沒有跳向我，他並不像拉烏爾或是克絲蒂那般狂野，他完全冷靜。

「拜託，」我又說了一遍，只想要讓他趕快結束這一切。「我並不想戰鬥。」

雖然他的身形還是保持著戰鬥狀態，他的臉卻變了，他以一種我不懂的方式看著我。在這張臉上充滿了智慧，還有一些別的，是同理心？至少是同情。

「我也不想，孩子，」他用一種平靜慈祥的聲音說：「我們只是在保護自己。」

在他奇異的黃眼睛裡包含著太多誠實，我開始納悶為何當初我會相信萊利所說的任何話，我感到……慚愧。也許這一族從來沒有計畫過要攻打在西雅圖的我們，我要怎麼相信任何我聽過的事？

「我們不知道，」我解釋，不知為何有點羞愧。「萊利騙了我們。對不起。」

他靜下聽了一會兒，我這才注意到戰場上一片安靜。戰爭結束了。

如果我對最後是誰勝利還有疑慮，不一會兒之後也完全消除。一名有著波浪棕髮、黃眼睛的女吸血鬼趕到他身邊。

「卡萊爾？」她以一種困惑的聲音問著，盯著我看。

「她並不想反抗。」他告訴她。

那女性碰觸了他的手臂，他的身體還是緊繃在戒備狀態。「她嚇壞了，卡萊爾。難道我們不能……」

金髮的，名叫卡萊爾的，回看著她，然後他身軀站直了一點，雖然我還是看得出他有一點擔心。

「我們不想傷害你們，」那女性對我說，她有著柔軟、平滑的聲音。「我們並不想和你們任何一人戰鬥。」

「對不起。」我再次輕聲的說。

我沒辦法釐清腦中的一團混亂。迪亞哥死了，這是最重要的一件事，最令人絕望的事。除此之外，戰鬥已經結束，我的族人輸了而我的敵人贏了。但我的族人裡多的是想看我被焚燒的人，而我的敵人卻在他們不需要的時候對我溫和的說話。更甚者，和這兩名陌生人在一起，比我在拉烏爾或是克絲蒂身邊時更感到安全。我很慶幸拉烏爾和克絲蒂死了，這一切令人困惑。

「孩子，」卡萊爾說，「妳願意投降嗎？如果妳不嘗試傷害我們，我們就保證不傷害妳。」

我相信他。

「是的，」我低聲說：「是的，我投降。我並不想傷害任何人。」

他朝我鼓勵性地伸出手。「來吧，孩子。讓我的家人重新整頓一下，然後我們有些問題想問妳。如果妳誠實回答，那就沒有什麼好怕的。」

我慢慢站起來，避免做出看起來具有攻擊性的動作。

「卡萊爾？」一個男性的聲音呼喚。

然後另一名黃眼睛的吸血鬼加入了我們。在這些陌生人身上得到任何的安全感，在看到他的那一刻完全消失。

他有著一頭金髮，和第一個一樣，但是更高又更瘦。他的皮膚每一吋都覆滿了傷疤，在他的頸部和下巴是最密集的地方。在他手臂上有幾個傷痕是新的，但其他的絕對不是在今天的打鬥中得來。他參與過的戰爭一定多到我無法想像，而且他從來沒有輸過。他黃褐色的眼睛燃燒著光芒，而他的站姿散發著一股幾乎隱藏不住、像是憤怒獅子的暴戾。

他一看到我的剎那便馬上伏低身子準備攻擊。

「賈斯柏！」卡萊爾警告。

賈斯柏停住身子並瞪大眼睛看著卡萊爾，「這是怎麼回事？」

「她並不想反抗。她投降了。」

那名有傷疤的吸血鬼眉頭皺了起來，而突然間我沒來由地感到一陣沮喪，我完全不知道自己在沮喪些什麼。

「卡萊爾，我……」他遲疑了一下，然後繼續，「我很抱歉，但這行不通。當佛杜里來的時候，我們不能讓這些新手和我們有任何牽連。你可明白這麼做會讓我們置身於多大的危險？」

我聽不懂他在說什麼，但我知道的夠多了。他想要殺我。

「賈斯柏，她只是個孩子，」那名女性辯駁。「我們不能冷血地謀殺她！」聽她把我們倆都當成人類一般來談論實在很奇怪，好像謀殺是件壞事，是件可避免的事。

「會面臨危險的是我們的家族，艾思蜜。我們不能讓他們誤以為我們破壞了規定。」

那名女性，艾思蜜，站到我和想殺我的那人之間。完全不能理解的是，她把背向著我。

「不，我不允許這種事。」

卡萊爾焦慮地看了我一眼。我看得出他很在乎這名女性，如果有人站在迪亞哥的身後，我也會以同樣的目光看著對方。我盡量表現出我很溫馴。

「賈斯柏，我想我們必須冒這個險，」他慢慢的說：「我們和佛杜里不同。儘管我們遵照著他們的規定，但我們不輕易殺生。我們會向他們解釋。」

「他們可能會誤以為我們創造出自己的新手來禦敵。」

「但是我們並沒有。就算我們真的做了，我們的行為並無失當，混亂只發生在西雅圖。法規裡並沒有規定你不能創造出吸血鬼，只要你控制好他們。」

「這太危險了。」

卡萊爾猶豫的拍了一下賈斯柏的肩膀。「賈斯柏，我們不能殺了這孩子。」

賈斯柏對著有慈祥眼神的人怒吼，這突然讓我很生氣，他當然不能傷害這個溫柔的吸血鬼或是他愛的那女人。然後賈斯柏嘆了口氣，而我知道沒問題了。我的怒氣消失了。

「我不喜歡這主意，」他說，但是他冷靜多了。「至少你把她交給我來看管。你們倆不知道該怎麼面對一個已經野放太久的人。」

「當然沒問題，賈斯柏，」那女性說：「但要溫柔一點。」

賈斯柏翻了翻白眼。「我們得和其他人會合。艾利絲說我們時間不多了。」

卡萊爾點點頭。他把手伸向艾思蜜，然後他們越過賈斯柏往平原的方向走。

「妳，在那的，」賈斯柏對我說，他的臉上又帶著怒氣了。「和我們一起來。別想要作任何急促的動作，不然我會解決掉妳。」

在他怒視著我的時候我又感到生氣了，而有一小部分的我想要露出牙齒咆哮，但我有預感他正是在等我做出這一類的動作，好當做動手的藉口。

賈斯柏停頓了一會，好像他想起了什麼。「閉上眼睛。」他命令道。

我遲疑了。他終究是決定要殺了我嗎？

「快做！」

我咬緊牙關閉上眼，比之前還要更感到無助。

「跟隨我聲音的指示，別睜開眼睛。妳看了，妳就完了，懂嗎？」

我點點頭，猜想著他不讓我看的東西是什麼。他想守住一個祕密的事實讓我有點放心。如果他想殺我，就不需如此大費周章。

「往這邊。」

我慢慢的跟在他後面，小心謹慎不想給他任何藉口。他很細心的帶領我，至少他沒有讓我去撞樹。我可以從聲音的改變，聽出我們已經走到空曠的地方；風的感覺也變了，我那一族燃燒的氣味變得更強烈。我可以感到陽光的暖度在我的臉上，而我的眼瞼內側更因為我身上的光芒而照得更亮了。

他帶領著我一步一步接近悶聲燃燒的火堆，近到我幾乎可以感覺到煙霧撫過我的肌膚。我知道他隨時都可以殺了我，但是接近火源還是令我感到緊張。

「在這坐下，眼睛閉上。」

地上因為太陽與火堆而溫暖。我保持不動，並很努力的表現出不具威脅性，但我可以感覺出他正怒視著我，這讓我坐立不安。雖然我並沒有對這些吸血鬼生氣，我相信他們只是在保護自己，我還是感到一股奇異的憤怒拉扯著我。我幾乎不再是我自己，而像是被戰鬥場所遺留下來的餘韻給占領支配。

這一股憤怒並沒有使我做蠢事，因為我太過悲傷——從心底感到悲痛。迪亞哥一直占據著我的思緒，而我忍不住反覆想著他是怎麼死的。

我很確定他絕對不可能自願告訴萊利我們之間的祕密——讓我在發現為時已晚之前信任萊利的祕密。在我的腦海裡，我又再度看到了萊利在威脅著要懲罰不聽話的我們時那個冷酷又平靜的神情——**而我會在她一一扯下你的雙腿，然後緩緩地、慢慢地燒掉你的手指、耳朵、嘴唇、舌頭，還有其他不必要的器官時抓著你。**

現在我瞭解到那一段話正是描述迪亞哥死亡時的經歷。

那一天晚上，我很確定有某件事改變了萊利。殺死迪亞哥改變了萊利，讓他變得更殘酷。我只相信萊利對我說的一件事：他重視迪亞哥更甚於我們其他任何一個人。他很喜愛他，但他還是眼睜睜看著我們的創造者傷害他。毫無疑問的他一定幫了她，和她一起殺了迪亞哥。

我猜想著什麼樣程度的痛楚會讓我背叛迪亞哥，我想一定是非常非常痛，而我很確定在同樣的程度下迪亞哥才會背叛我。

我感到噁心反胃。我想要迪亞哥在極度痛楚下哀號的景象從我腦海裡消失，但是沒有辦法。

這時平原上傳來一聲哀號。

我的眼瞼浮動，但賈斯柏對著我憤怒的咆哮，我連忙緊閉上它們。除了淡紫色的煙霧我什麼都沒看到。

我聽到大喊的聲音以及一個奇怪又野蠻的怒號，不僅聲音很大，數量也多。我沒辦法想像任何一種生物的臉能夠發出這種聲音，而無法想像讓這聲音聽來更加恐怖。這些黃眼睛的吸血鬼和我們的差距是如此之大，或者應該說和我不同，既然我是僅存的最後一個，我想。

我聽到有人叫著一些名字，雅各、利雅、山姆。有好多個不同的聲音出現，而怒號聲也持續不斷，可以想見在吸血鬼的人數上萊利也撒了謊。

怒號聲漸漸平息，一直到只剩下一個聲音，一個痛苦、非人類的哀鳴讓我不禁咬緊牙關。我可以在我的腦海裡清楚看見迪亞哥的臉，而那聲音就像是他的哀號。

我聽到卡萊爾對著其他聲音以及那一聲號叫說話，他正請求著看某一樣東西，「請讓我看一看，請讓我幫忙。」我沒有聽到其他人和他爭論，但不知為何他的聲音聽起來像是他正輸掉了一場爭論。

然後那一聲哀號升高至一個刺耳的新音調，突然間卡萊爾用急切的聲音說了聲「謝謝你」，而在那一聲哀號之間還有很多具身體移動時發出的聲響，許多沉重的步伐越來越貼近。

我仔細聽，然後聽到了一些沒有預期又令人不敢置信的聲音。夾雜在沉重的呼吸聲裡——我從來沒有聽過我家族裡任何人以這種方式呼吸——有十來個低沉的拍動聲。聽起來就好像是……心跳，但絕對不是人類的心臟，我對那種聲音很熟悉。

我用力聞，但是風吹向另一個方向，我只能聞到煙味。

毫無預警的，有東西碰了我一下，緊緊夾在我頭的兩側。

我慌張地睜開眼睛並掙扎著站起，開始想掙脫箝制，下一刻馬上迎上了離我只有兩吋遠賈斯柏警告性的凝視。

「停下來。」他怒吼，硬是把我推坐下。我只能聽見他的聲音，然後我意識到他的雙手正緊貼在我的頭兩側，整個蓋住了我的耳朵。

「閉上眼睛。」他又命令我，說話的聲音也許是普通的音量，但在我聽來非常嚴厲。

我掙扎著讓自己冷靜下來，然後再度閉上眼。有一些事他們也不想讓我聽見。但如果這代表我可以活下去——我想我並不介意。

在那一剎那間我在眼瞼後看到了福瑞德的臉。他說他會等一天。我納悶著他是否會實踐他的諾言。我希望我能告訴他關於這些黃眼睛的真相，以及有更多事是我們不知道的，這世界上有太多事是我們不知道的。

能有探索這個世界的機會一定很有趣，尤其是和一個能讓我隱形又感到安全的人一起。

但是迪亞哥不在了，他沒辦法和我一起去找福瑞德了，這使得我在想像未來時覺得有點心灰意冷。

我依稀還是可以聽見一些聲音，但只剩下哀號和一些談話聲。不管那些奇異的拍打聲音是什麼，現在聲音太模糊讓我沒法再仔細研究。

我在卡萊爾說著：「你們必須……」——聲音太低又聽不見了，然後——「……離這裡很近。我們會盡可能幫忙，但是我們不能離開……」時，倒是辨認出幾句話。

我聽到一聲低吼，但奇怪的是它感覺不出威脅性。那一聲哀號慢慢的消失了，就好像它正在遠離我。

一切都安靜下來好幾分鐘，我聽到一些低沉的談話聲，卡萊爾和艾思蜜也在其中，但還有一些我不認識的。我希望我聞得出些東西來——視不能見再加上耳不能聽，我只能利用有限的感官來收集資訊，但我所能聞到的就只有過度甜膩的煙味。

有一個聲音，比其他人的都還要來得清高，讓我能清晰的聽見。

「再過五分鐘，」我聽到那人的聲音，我相信說話的是一位女孩子。「而貝拉則會在三十秒內睜開眼，我相信她現在應該聽得見我們。」

我試著理解這一切。有人和我一樣被迫閉上眼睛嗎？還是她認為我的名字是貝拉？我還沒有告訴任何人我的名字。我又再度掙扎著想嗅出一些端倪。

更多喃喃談話的聲音。有一個聲音聽來有點奇怪——幾乎聽不出任何聲音特質。但賈斯柏的手完全蓋住了我的耳朵，我並沒有辦法確定。

「三分鐘。」那一個清高的聲音說。

賈斯柏的手移開了我的頭。

「妳現在最好睜開眼睛了。」他在離我幾步之遙時說道。他說話的方式嚇壞了我，我很快的環顧四周，尋找他語氣中所包含的危險在何處。

我有一大片視野全被深色的煙霧所蒙蔽。在不遠處，賈斯柏正皺著眉，他的牙關緊咬著，而他看著我的神情幾乎像是……他在害怕。他並不是在怕我，但有某件事因為我的緣故而讓他害怕。我記起他之前所說的，關於我會在一個叫做佛杜里的面前讓他們面臨險境。我納悶著這佛杜里是什麼，我沒辦法想像這個全身是傷疤的吸血鬼會懼怕什麼。

在賈斯柏的身後，有四名吸血鬼背對著我站列成一道零散的線。其中一人是艾思蜜。和她在一起的是一位高䠷的金髮女郎，一名嬌小的黑髮女孩，以及一名身材壯碩到光是看著就令人害怕的黑髮男性吸血鬼——我看見他殺掉凱文。有那麼片刻我幻想著他抓著拉烏爾，這個景象意外地令人開心。

在那一位身材壯碩的後面還有三名吸血鬼，有他擋在中間我看不清楚他們在做什麼。卡萊爾蹲在地上，而在他身邊的是一位有著深紅色頭髮的男性吸血鬼。有另一個身影躺在地上，但我沒有辦法看得很清楚，只看見牛仔褲以及一雙嬌小的靴子。那很有可能是一位女性或是年輕男性。我猜想他們是否正試著把那一名吸血鬼拼回去。

所以這裡一共有八名黃眼睛，還有之前那些奇怪的號叫聲，天知道那又是哪一種奇怪的吸血鬼；但從聲音聽來至少超過了八個人。十六個，也許更多。這比萊利警告我們需要面對的還多出兩倍。

我發現自己強烈的希望那一群穿斗篷的吸血鬼能追上萊利，並好好的折磨他。躺在地上的那一名吸血鬼開始慢慢的站起來——動作很奇怪，就好像她是個手腳不靈敏的人類。

微風吹拂的方向改變了，將濃煙吹向我和賈斯柏。有那麼片刻，除了他我什麼都看不見。雖然我並沒有像之前那般完全看不見，不知為何我突然感到更加的焦慮。就好像是我可以感受到焦慮從我身旁的這名吸血鬼中流瀉而出。

下一刻，微風又改變了方向，而我終於可以看見和嗅到所有的一切。

賈斯柏生氣的朝我發出一聲嘶吼，並把原本蹲伏著的我推倒在地。

是她——是那名在幾分鐘之前我還在追殺的人類。我全身的感官都專注於其上的氣味。那甜美、潮濕的氣味是我追蹤過最美味的鮮血。我的嘴和喉嚨好像有一把火在燃燒。

我慌亂的試著要抓住我的理性——試著專注在賈斯柏正等著我再度跳起身來好讓他殺了我——但只有一部分的我辦得到。就在我試著控制自己的時候，我覺得我要被撕裂成兩半了。

那位名叫貝拉的人類用充滿驚訝的棕色眼睛盯著我。看到她讓事情變得更糟，我可以看見血液在她細薄的肌膚之下流動。我試著看向別處，但我的視線總是不由自主回到她身上。

那名紅頭髮的對著她輕聲的說話，「她投降了，這倒是頭一次見到。也只有卡萊爾會想要提出這樣的提議，賈斯柏並不贊同。」

卡萊爾一定是在我的耳朵被蓋住時跟這個人解釋過了。

這名吸血鬼將他的雙手環抱著那人類女孩，而她的雙手也貼在他的胸前。她的喉嚨離他的嘴只有幾吋，但她看起來一點都不怕他。而他看起來也不像是在狩獵。我曾試著去理解有吸血家族豢養人類當寵物的主意，但這和我想像的完全不同。如果她是個吸血鬼，我會說他們是一對的。

「賈斯柏還好嗎？」那人類輕聲說。

「他沒事。毒液會刺痛。」那吸血鬼說。

「他被咬了嗎？」她問，聽起來像是被這念頭嚇到。

這女孩是誰？為什麼這些吸血鬼允許她和他們在一起？為什麼他們還沒殺了她？為什麼她和他們在一起時看來是那麼的自在，好像她一點都不怕？她看起來像是屬於這個世界的一部分，但她卻還不瞭解這其中的現實。當然賈斯柏被咬了。他剛歷經了一場戰鬥——還摧毀了——我的整個家族。這女孩真的知道我們是什麼嗎？

呃，我喉嚨裡的燃燒令人難以忍受！我試著不去想著要用她的血來平息疼痛，但是風將她的氣味直吹到我的臉上！想要控制住自己已經太晚了——我已嗅到我狩獵中獵物的氣息，而什麼都沒辦法改變這事實。

「他想要無所不在，」那名紅頭髮的告訴那人類。「事實上是想確保艾利絲不必動手。」他在看向那名黑髮小女孩時搖搖頭。「艾利絲才不需要任何人的幫忙。」

那個名叫艾利絲的吸血鬼朝著賈斯柏怒視地一瞥。「保護過度的傻瓜。」她用她的女高音說著。賈斯柏半微笑地迎上她的視線，似乎是暫時忘了我的存在。

我幾乎無法控制住自己的本能，利用他放鬆戒備的這個瞬間跳向那人類女孩。要做到這點並吸取她的血液輕而易舉——我可以聽見血液在她的心臟內鼓動——這樣可以澆熄我的烈火。她是這麼的靠近——

那名有著一頭深紅色頭髮的吸血鬼對我射出了一道嚴厲的警示眼神，而我知道我如果對著那女孩採取任何行動我就死定了，但在我喉嚨間的折磨讓我覺得如果我不照做我就要死了，這極度的痛楚讓我大聲尖叫出我的沮喪。

賈斯柏對著我咆哮，而我強迫自己不要動，但是她血液的氣味就活像是隻超大的手拉扯著我躍向前。一旦我開始狩獵，我從來就沒有試著壓抑自己吸食過。我把手指掐進地面，試著穩住自己，但什麼都沒找著。賈斯柏蹲低了身子，但即使知道我在兩秒鐘之內就會死亡，我還是沒法喚回我飢渴的思緒。

然後卡萊爾出現了，他把手放在賈斯柏的手臂上。他用仁慈、冷靜的眼神看著我。「妳改變主意了嗎？年輕人？」他問我。「我們並不想摧毀妳，但如果妳不能控制自己，我們別無選擇。」

「你們怎麼受得了？」我問他，幾近哀求。他不會感到燃燒嗎？「我要她。」我瞪著她，恨不得我們之間的距離消失不見。我的手指無用的在碎石地上抓著。

「妳必須忍受，」卡萊爾嚴肅的說：「妳一定要展現控制力。這是做得到的，也是現在唯一能救妳一命的。」

如果能像這些奇怪的吸血鬼一樣忍受人類是我生存的唯一希望，那我早就注定下地獄了。我沒辦法忍受這一團烈火。而我的念頭和生存差得遠了，我不想死，我不想感到痛苦，但是這有什麼意義？其他人都死了。迪亞哥已經死了好幾天了。

他的名字已經到了我的脣邊，我差點輕聲吐出。我用雙手抓住頭並試著去想其他不會痛苦的事。不是那女孩，也不是迪亞哥。但沒有很成功。

「我們是不是應該離她遠一點？」那人類急切的輕聲說，打斷了我的注意力。我的眼睛跳回她的身上，她的皮膚是這麼的細緻又柔軟，我可以看見她脖子上的脈搏跳動。

「我們得留在這裡，」那個她緊抓著的吸血鬼說：「他們現在正從平原的北面進來了。」

他們？我的目光飄向北邊，但除了煙霧之外什麼都沒有。他是指萊利和我的創造者嗎？我感到另一股驚慌，但隨之而來的是一絲絲希望。她和萊利絕對不可能戰勝殺了我們這麼多人的吸血鬼，不是嗎？雖然那些哀號的人離開了，但光是賈斯柏一人就足以對抗他們兩人。

還是他說的是那些神祕的佛杜里？

風又再度將那女孩的氣味誘惑的吹拂在我的臉上，我的思緒又被打亂了。我帶著飢渴怒視著她。

那女孩迎向了我的視線，但是她的神情和我預期的大不相同。雖然我感覺出我的嘴唇向上揚起露出牙齒，雖然我因抑制著自己朝她飛撲上去而顫抖著，她看起來並不怕我，反而像是非常著迷，看起來幾乎像是她想和我說話——像是她有個問題希望我能解答。

這時卡萊爾和賈斯柏開始從火堆——也從我身邊退開，加入其他人和那人類的防衛線。他們全都越過我直視著煙霧，所以不管他們害怕的是什麼，都離我比較近。我將自己往最接近的濃煙裡縮，儘管這代表要接近火源。我應該要逃跑嗎？他們注意力分散的程度是否足以讓我逃開？我該跑到哪裡去？去找福瑞德嗎？自己出去闖？找到萊利並且讓他對迪亞哥所做的事付出代價？

就在我為最後這個念頭沉迷而遲疑的時候，時機就流逝了。我聽到從北邊來的動靜，而我知道自己已經被黃眼睛的和來者夾擊。

「哼。」一個死板的聲音從濃煙的另一端傳了過來。

僅僅這麼一個單音節就讓我知道那是誰，而要不是我已經被盲目的恐懼凍結，我早已經逃跑。

是那些穿黑斗篷的人。

這代表了什麼？又會展開另一場戰鬥了嗎？我知道這些黑斗篷的吸血鬼想要我

的創造者成功摧毀這些黃眼睛的。很明顯的我的創造者失敗了，這代表他們會殺了她嗎？還是他們會在這裡殺了卡萊爾和艾思蜜，以及其他人？如果我有選擇，我知道我想摧毀誰，而那絕不是俘虜我的人。

穿黑斗篷的滑行穿過煙霧來到這些黃眼睛的面前，沒有一人看向我，我保持靜止不動。

他們只有四人，就和上一次一樣，而黃眼睛的共有七個人這一點並沒有帶來任何影響。我可以看得出他們就和萊利以及我的創造者一樣，對這些穿黑斗篷的小心翼翼。他們在表面下深藏的絕對比我能見到的外表還來得多，這點我絕對感覺得出來。這些人是懲治者，而他們不會輸。

「珍，歡迎妳。」那名抱著人類的黃眼睛吸血鬼說。

他們認識彼此。但那紅頭髮的聲音可不友善——可也不是像萊利那般懦弱又忙著討好的聲音，也不像我的創造者那樣極度驚恐，他的聲音只是冷淡有禮又不感驚奇。這些穿黑斗篷的就是佛杜里嗎？

那位領頭穿黑斗篷的嬌小吸血鬼——名叫珍的那位——慢慢環視著這七名黃眼睛的以及那人類，最後終於轉頭面向我。我第一次窺見她的臉，我想，她比我還年輕，但同時也更古老。她的眼睛是鮮紅玫瑰的血紅色，知道現在要避開注意已經太遲了，我低下頭來，用手覆蓋著臉。也許我表明我並不想反抗，珍會像卡萊爾那般對待我。但我覺得不太可能。

「我不懂。」珍死板的聲音裡洩漏出一絲煩躁。

「她投降了。」紅頭髮的解釋。

「投降？」珍怒道。

我抬起頭來看到那些穿黑斗篷的互相交換了個眼神。紅頭髮的說他從來沒見過有人投降，也許這些穿黑斗篷的也沒有。

「卡萊爾給了她一個選擇。」紅頭髮的說。他似乎是這一群黃眼睛的發言人，但我認為卡萊爾應該是他們的領導者。

「破壞規矩的人沒有選擇權。」珍說，她的聲音又恢復成死板音調。

我打從骨子裡感到一陣寒冷，但我並不感到驚慌。看來這注定是無法避免的。

卡萊爾以溫和的聲音回覆珍。「決定權在於你們。只要她停止對我們的攻擊，我看不出有摧毀她的必要。她從未受過教導。」

雖然他的話聽起來採取中立，但我幾乎可以感覺出他在替我求情。

「這無關緊要。」珍下結論。

「悉聽尊便。」

珍用一種一半困惑一半受挫的表情盯著卡萊爾看。她搖了搖頭，而她的表情又深不可測了。

「厄洛希望我們盡可能往西方走一趟來拜訪你，卡萊爾，」她說：「他向你問候。」

「如果妳能代為傳達我的問候，我會很感激。」他回答。

珍笑了。「這當然。」然後她又再度看向我，她的嘴角仍掛著一絲笑容。「看來今天你們已經替我們做好了工作……大部分的工作。這完全是出自於專業的好奇心，到底有幾個？他們在西雅圖可造成不少破壞。」

她談論著工作和專業。看來我是對的，她的職責正是懲治。而如果有懲治者的存在，就代表了一定有法律。卡萊爾之前曾說，**我們遵照著他們的規定**；還有**法規裡並沒有規定你不能創造出吸血鬼，只要你控制好他們**。萊利和我的創造者雖然害怕，但他們並不意外這些穿黑斗篷人的造訪，這些佛杜里。他們知道這一些法律，他們也很清楚他們正在違法。為什麼他們沒告訴我們？而且這個佛杜里絕對比這四個人多，有個叫做厄洛的人，可能還有更多。他們一定有著足以令人畏懼的數量。

卡萊爾回覆珍的問題。「十八個，包括這一個。」

在這四名黑斗篷人之間傳來幾不可聞的喃喃低語。

「十八？」珍重複，她的語調裡帶著一點驚訝。我們的創造者從未告訴過珍她創造過了幾個。珍真的是很驚訝嗎？還是她在假裝？

「全部是新生，」卡萊爾說：「他們完全沒有技巧。」

沒有技巧又受到蒙蔽，多虧了萊利。我開始瞭解這些較年老的吸血鬼怎麼看待我們的。新生，賈斯柏這麼稱呼我，像個嬰兒。

「全部都是？」珍發怒。「那誰是他們的創造者？」好像他們不是早就知道一樣。這個珍是比萊利還大的騙子，而且她也比他高竿許多。

「她曾被稱呼為維多利亞。」那紅頭髮的說。為什麼在連我都不知道的情況下他會知道？我記起萊利說這一族裡有一位讀心術者。這就是他們無所不知的原因？還是這又是萊利的另一個謊言？

「曾經？」珍問道。

紅頭髮的把他的頭朝東方一偏，像是在指引著什麼，我抬起頭來看到了一道厚重的淡紫色煙霧正從山的另一邊冉冉升起。

曾經。我感到一陣在幻想著拉烏爾被那大塊頭吸血鬼撕裂時相似的快感，只是更加痛快。

「這個維多利亞，」珍緩慢的問。「她是在這十八名以外的嗎？」

「是的，」紅頭髮的確認。「她只有另外一名跟隨著她。他不像這裡的這一位年輕，但也沒有超過一歲。」

萊利。我的痛快感更增加了。如果——好吧，當我——死在今天的時候，至少我不會留下遺憾。迪亞哥的仇報了，我幾乎笑了。

「二十個。」珍吐出口氣。若不是這比她預期的還多，那便是她是個超級演員。

「是誰對付那個創造者？」

「是我。」紅頭髮的冷冷地說。

不管這吸血鬼是誰，不管他是否養了人類當寵物，他都是我的朋友。就算最後是他殺了我，我也虧欠他。

珍轉向我，瞇起眼睛瞪著我看。

「妳，在那裡的，」她怒吼。「妳的名字。」

根據她的說法，我橫豎都是一死。那又何必稱了這個說謊的吸血鬼的心？我只是回瞪她。

珍對著我笑了，一個開朗、快樂、天真孩子的笑容，然後突然間，我全身被火焚燒。這感覺就像我又回到了生命中最悲慘的夜晚，火焰在我每一處的血管裡，覆蓋我每一吋的肌膚，啃蝕著我每一根骨髓，我好像是被埋在那堆正焚燒著我的族人火堆之下。我全身沒有一處細胞不正傳遞著無法想像的痛楚，我甚至幾乎聽不出自己痛叫出聲。

「妳的名字。」珍又再度說，在她說話的同時火焰消失了，就這樣完全消失不見，就好像一切都是我在幻想般。

「布莉。」我盡快地說，即使痛楚已經消失，我還是大口喘著氣。

珍又笑了，而火焰再度燃燒全身。

在我死以前能承受多少痛苦呢？那尖叫的聲音聽起來甚至不像是我的了。為什麼沒有人來把我的頭扭斷？或者不管是誰會讀心術，他或她不能瞭解這些而讓這一切停止嗎？

「她會告訴妳所有妳想知道的一切，」那紅頭髮的咆哮著說：「妳不必這麼做。」

痛楚再度消失，就好像珍關掉了一盞燈。我發現自己面向地上，好像我需要空氣般地喘著氣。

「噢，我知道，」我聽見珍愉快地說：「布莉？」

在她叫著我的名字時我顫抖了一下，但是痛苦並沒有開始。

「他說的是真的嗎？」她問我。「你們總共有二十個？」

話自動從我嘴巴裡吐出，「十九或是二十，也許更多，我不知道！莎拉和那個我不知道名字的在半路上打了起來……」

我等著痛苦出現懲罰我沒有更好的答案，但相反的珍又說話了。

「還有這個維多利亞——是她創造你們的嗎？」

「我不知道，」我害怕地承認。「萊利從來沒有提過她的名字。那一天晚上我沒看到……一切都很暗，而且很痛！」我畏縮了。「他不想讓我們去想到她。他說我們的念頭不安全。」

珍看了那紅頭髮的一眼，然後又看向我。

「告訴我關於萊利的事，」珍說：「他為何帶你們來這？」

我很快的重述了一遍萊利的謊言。「萊利告訴我們必須要消滅一些奇怪的黃眼睛。他說會很簡單。他說城市原本是他們的，而他們要來攻打我們。他說一旦他們都消失了，鮮血就全都是我們的了。他給了我們她的氣味。」我指向那人類的方向。「他說我們會知道找到對的一族，因為她會和他們一起。他說誰先找到她，就可以得到她的血。」

「看來關於簡單一事，萊利說錯了。」珍說，語氣裡帶著一點玩笑。

看起來珍似乎是很滿意我的故事。在那一瞬間，我突然瞭解到她很高興萊利並沒有告訴我或是其他人關於她造訪我們的創造者維多利亞一事。這是她想要那些黃眼睛的知道的故事——一個不會連累珍或是穿黑斗篷的佛杜里的故事。好吧，我可以假裝配合。只希望那名讀心術者已經知道事實了。

我沒辦法採取任何行動來報復這個惡魔，但我可以透過我的思緒告訴那些黃眼睛的一切事情。希望如此。

我點點頭，贊同珍的小笑話，同時坐了起來，因為我想引起那讀心術者的注意，不管他是誰。我繼續說著任何一個我族裡的人都知道的故事版本。我假裝自己是凱文，像一袋石頭一樣笨又完全無知。

「我不知道發生了什麼事。」這部分倒是真的。戰場上的慘狀還是一個謎，我沒見到克絲蒂那一群裡面的任何一人。我會幫黃眼睛的保守這個祕密。「我們分頭進攻，但其他人一直沒出現。而萊利留下我們，他並沒有像承諾中的回來幫我們。然後這一切都很令人困惑，大家都被撕成碎片。」當我記起我跳過的屍體時不禁一縮。「我很害怕，想逃跑。」我朝卡萊爾點了點頭。「那一個說如果我停止反抗，他們就不會傷害我。」

這不會是背叛卡萊爾，這一點他自己已經跟珍提過。

「啊，但這不是他所能提供的禮物，年輕人。」珍說：「破壞規矩的就必須接受懲罰。」

仍舊假裝自己是凱文，我只是盯著她看，好像我太笨聽不懂她的意思。珍看向卡萊爾。「你確定你解決掉所有人了？包括分頭進行的那些？」

卡萊爾點頭。「我們也分頭進行。」

所以是那一群號叫人解決掉了克絲蒂。我希望，不管他們是什麼，那些號叫人真的真的很可怕，克絲蒂活該。

「我不能否認我很佩服。」珍說，聽起來很真誠，而我想這大概是事實。珍原本希望維多利亞的大軍能帶來一些破壞，但很顯然的我們失敗了。

「是的。」站在珍身後的三名吸血鬼安靜的說。

「我從未看過哪個家族遭受到此等程度的攻擊卻還全身而退的，」珍繼續說：「你知道這麼做的用意嗎？這看起來是個極端瘋狂的舉動，考慮到你們在這的生活方式。還有為什麼這女孩是關鍵？」她的視線瞥向那人類片刻。

「維多利亞對貝拉心懷怨恨。」紅頭髮的告訴她。

如此一來那個策略終於有些道理了。萊利只想要置那女孩於死地，而且為了達到目的，他並不在乎我們死了多少人。

珍開心的笑出聲來。「這一個，」——她用對我笑的方式對著那女孩笑了——「似乎總是能挑起我們種族最強烈怪異的情緒。」

那女孩什麼事都沒有。也許珍並不想傷害她，又或者她那恐怖的天賦只對吸血鬼有用。

「可以請妳住手嗎？」那紅頭髮的用克制卻憤怒的聲音要求著。

珍又笑了。「只是試試看。很明顯的，沒造成傷害。」

我試著保持著凱文式的表情而沒有洩漏出我的興趣。原來珍沒辦法像她傷害我一般傷害這女孩，而這對珍來說並不正常。雖然珍對此一笑置之，但我看得出來這讓她很抓狂。這就是這女孩被黃眼睛的所接受的原因？但如果她很特別，為什麼他們不把她變成吸血鬼？

「好了，看來這裡沒有什麼我們能做的事，」珍說，她又恢復死氣平板的聲音。「真稀奇。我們不習慣派不上用場。只可惜我們錯過了這一場戰鬥。聽起來似乎是一場很精采的好戲。」

「沒錯，」紅頭髮的回應。「就差那麼一點。你們沒有提早半個鐘頭抵達真是太可惜了，也許這麼一來你們就能實現你們的目的。」

我忍住笑容。原來這紅頭髮的就是讀心術者，而他聽見了所有我要他聽的事情。珍並沒有逃過一劫。

珍面無表情的直視著讀心術者。「是的。事情的發展真令人遺憾，不是嗎？」

那讀心術者點點頭，而我納悶他在珍的腦海裡聽見了什麼。

珍那面無表情的臉轉向我。她的眼裡並未透露任何情緒，但我知道我的大限已到，她已經從我這裡得到她想要的。她並不知道我已經盡可能的把一切都告訴了那名讀心術者，也守住了他家族的祕密，這是我虧欠他的，他替我懲罰了萊利和維多利亞。

我從我的眼角看了他一眼並想著，**謝了**。

「菲力克斯？」珍懶懶的說。

「等一下。」那讀心術者大聲的說。

他轉向卡萊爾並且很快的說著，「我們可以向這個年輕人解釋規則，她看來並非不想學習，她不知道自己在做什麼。」

「當然了，」卡萊爾熱切的說，看向珍。「我們已經準備好為布莉負起責任。」

珍的表情看來像是不確定他們是否在開玩笑，但如果他們是在開玩笑，他們比她想像中的還有趣。

我，則是打從心底感動。這些吸血鬼是陌生人，但他們願意為我冒這個險。我早已知道這沒有用，但還是心存感激。

「我們不允許例外，」珍告訴他們，覺得有趣。「我們也不給予第二次機會，這會影響我們的聲譽。」

聽起來像是她另有所指。我不在乎她正談論著要殺我，我知道這些黃眼睛的沒辦法阻止她。但就算是這些吸血鬼警察很卑鄙——非常卑鄙——至少這些黃眼睛的知道了。

「這倒是提醒了我……」珍繼續說，她的眼睛再度鎖定那人類女孩，而她的微笑慢慢擴散。「凱撒會非常有興趣知道妳還是人類，貝拉。也許他會決定來拜訪你們。」

還是人類。所以他們會轉變這女孩，我納悶他們還在等什麼。

「日期已經訂好了，」有著黑色短髮的嬌小吸血鬼用清晰的聲音說：「再過幾個月也許我們會去拜訪你們。」

珍的微笑消失不見，就像是被人一掌拍掉般。她聳聳肩，並沒有看向那名黑髮吸血鬼。而我有種感覺，儘管她可能很恨那名人類女孩，但她更恨這個嬌小吸血鬼達十倍之多的程度。

珍帶著之前面無表情的臉轉向卡萊爾。「很高興能與你見面，卡萊爾——我一直以為厄洛誇大其詞。好了，直到我們再見之前……」

這就是了。我還是沒有感到害怕，我唯一的遺憾就是我沒辦法告訴福瑞德這一切。他幾乎是蒙著眼睛跳進這個充滿危險政治、貪汙警察，和祕密家族的世界。但是福瑞德很聰明又小心，還有著天賦。他們在看不見他的情況之下還能做些什麼？也許這些黃眼睛的在某天會遇見福瑞德。**對他好一點，拜託**，我對著那讀心術者想道。

「把那解決一下吧，菲力克斯，」珍毫不在意的說，朝著我點頭。「我想回家了。」

「別看。」那紅頭髮的讀心術者輕聲低語。

我閉上了我的雙眼。

致謝

和往常一樣，我對所有幫助這本書成真的人獻上無比感謝：

我的孩子們，加布、賽斯，以及艾利；我的先生，潘丘；我的父母，史提夫以及甘蒂；非常支持我的女性好友們珍妮佛・H、珍妮佛・L、梅根、尼可拉斯，以及雪莉；我的忍者經紀人，茱蒂・李默；我的「四號木桿」莎儂・黑爾；所有我在小布朗的朋友以及良師，特別是大衛・楊、愛莎・穆齊尼克、梅根・丁格萊、伊莉莎白・尤柏格、蓋爾・杜賓因、安卓・史密斯，以及蒂娜・麥金太爾；還有，將最棒的留在後頭，我的讀者們。

你們是全世界最好的觀眾。

謝謝你們。

國家圖書館出版品預行編目資料

布莉的重生-暮光之城：蝕外傳 /
史蒂芬妮．梅爾（Stephenie Meyer）著 ； Sabrina Liao 譯.
—1版.—臺北市：尖端出版，2010.10
面 ； 公分.—(奇炫館)
譯自:The Short Second Life of Bree Tanner
ISBN 978-957-10-4379-1(平裝)

874.57　　　99015864

奇炫館
布莉的重生—暮光之城：蝕外傳
（原名：The Short Second Life of Bree Tanner）

作者／史蒂芬妮．梅爾（Stephenie Meyer）
譯者／Sabrina Liao
執行長／陳君平
榮譽發行人／黃鎮隆
協理／洪琇菁
國際版權／黃令歡、高子甯
美術編輯／李政儀
文字校對／施亞蒨
出版／城邦文化事業股份有限公司　尖端出版
台北市中山區民生東路二段一四一號十樓
電話：（〇二）二五〇〇—七六〇〇
傳真：（〇二）二五〇〇—二六八三
E-mail：7novels@mail2.spp.com.tw
發行／英屬蓋曼群島商家庭傳媒股份有限公司城邦分公司　尖端出版
台北市中山區民生東路二段一四一號十樓
電話：（〇二）二五〇〇—七六〇〇（代表號）
傳真：（〇二）二五〇〇—一九七九
中彰投以北經銷／楨彥有限公司
（含宜花東）電話：（〇二）八九一九—三三六九
傳真：（〇二）八九一四—五五二四
雲嘉經銷／威信圖書有限公司　嘉義公司
電話：（〇五）二三三—三八五二
傳真：（〇五）二三三—三八六三
南部經銷／威信圖書有限公司　高雄公司
電話：（〇七）三七三—〇〇七九
傳真：（〇七）三七三—〇〇八七
香港經銷／一代匯集
香港九龍旺角塘尾道六十四號龍駒企業大廈十樓B&D室
電話：（八五二）二七八三—八一〇二
傳真：（八五二）二七八二—一五二九
新馬經銷／城邦（馬新）出版集團Cite (M) Sdn. Bhd.
E-mail：cite@cite.com.my
法律顧問／王子文律師　元禾法律事務所
台北市羅斯福路三段三十七號十五樓
二〇一〇年十月一版一刷
二〇二三年十二月一版二十二刷

■中文版■

郵購注意事項：
1. 填妥劃撥單資料：帳號：50003021戶名：英屬蓋曼群島商家庭傳媒(股)公司城邦分公司。2. 通信欄內註明訂購書名與冊數。3. 劃撥金額低於500元，請加附掛號郵資50元。如劃撥日起 10～14日，仍未收到書時，請洽劃撥組。劃撥專線TEL：(03)312-4212 ・ FAX：(03)322-4621。E-mail：marketing@spp.com.tw